天籟吟社百年紀念叢書

天籟詩獎得獎作品集
2018～2022

張富鈞 主編

「天籟吟社百年紀念叢書」出版緣起

　　大正 11 年（1922）10 月 22 日，林述三先生在大稻埕礪心齋書房創立天籟吟社，到今年（2022）正好是一百年的歷史。期間歷經林述三先生、林錫麟先生、林錫牙先生、高墀元先生、張國裕先生、歐陽開代先生六任社長，民國 100 年（2011）歐陽社長任內登記立案為「臺北市天籟吟社」，歐陽開代先生榮任第一屆、第二屆理事長，姚啟甲先生榮膺第三屆、第四屆理事長，繼由維仁承乏第五屆、第六屆理事長。今年維仁與全體社員迎接一百週年大慶，我們深刻體認到，因為歷任社長、前任理事長的貢獻，以及為數眾多的先賢和前輩奠定基礎，天籟的薪火才能傳承至今，光耀百年。

　　悠悠百年，的確是一段漫長的時光。一百年間物換星移，政權更迭，科技日新，社會環境急遽變遷，生活方式更有極其巨大的改變，但是我們的天籟吟社依舊舉辦擊缽的例會，依舊寫作傳統的詩詞，依舊傳唱古老的吟調——猶如一百年前。但是，我們不僅是承接前賢的遺緒而已，張國裕故社長任內發行《大雅天籟》、《天籟元音》、《天籟吟風》詩詞吟唱專輯唱片，發揚天籟吟調；歐陽開代理事長任內開始每月舉辦「古典詩詞講座」，迄今已歷經十一年，辦理一百多場的演講；姚啟甲理事長任內創辦「天籟詩獎」，每年獎勵推動古典詩風，今年堂堂邁入第五年。天籟吟社不僅繼承傳統詩社的精神，近十幾年來更是積極創新突破，寫下歷史的新篇。

　　今年本社欣迎一百週年大慶，除了舉辦全國詩人聯吟大會之外，並辦理學術研討會，而且委由萬卷樓圖書公司出版「天籟吟社百年紀念叢書」一套四冊，分別是《天籟吟社先賢詩選》、《天籟吟社舊籍復刻》、《天籟吟社百年紀念學術研討會論文集》、《天籟詩獎得獎作品

集 2018~2022》，希望能以這四本書籍的出版，作為天籟百年大慶的賀禮。

本社歷史悠久，詩人輩出，但是諸多先賢之中，有專集行世者屈指可數，為不使先賢詩作湮沒在故紙之中，我們決定編印《天籟吟社先賢詩選》。此書由張家菀女史、莊岳璘先生與維仁合編，選錄林述三先生、林笑岩先生、曾笑雲先生、陳鐵厚先生、黃笑園先生、鄞威鳳女史、林錫麟先生、林錫牙先生、凌淨嫆女史、傅秋鏞先生、姚敏瑄女史、高墀元先生、林安邦先生、張國裕先生、莫月娥女史十五位先賢詩作，並附小傳。這本詩選可以作為古典詩欣賞與吟唱的讀本，也可以從先賢的生平與作品之中，看見天籟吟社與臺灣古典詩壇的吉光片羽。

除了選輯先賢作品之外，我們也復刻本社舊籍，委請本社社員、臺灣師範大學國文學系何維剛教授主編，讓這些刊本以原有的面貌，重新與世人見面。感謝本社耆老葉世榮先生提供《天籟》第七期到第二卷第二期（約 1950 至 1953），國家圖書館提供《藻香文藝》第一到五期（1931），中華民國傳統詩學會副理事長黃哲永先生提供《天籟吟社集》（1951），付梓之前又很榮幸由臺灣大學臺灣文學研究所黃美娥教授提供珍貴文獻《天籟新報》創刊號（1925）。從這四種天籟舊籍的復刻版本，我們可以看到日治時期以及戰後初期的天籟吟社剪影，也可以窺見當時詩壇與社會的概況。期望《天籟吟社舊籍復刻》的出版，對於研究天籟社史或臺灣詩史，能夠有所貢獻。

天籟吟社傳承百年，是臺灣少數超過百年歷史的文學社團，這在臺灣文學史上，應該有其獨特的地位，可惜迄今只有潘玉蘭女史的《天籟吟社研究》（2005）是唯一研究天籟吟社的學位論文，其他有關天籟吟社相關之單篇論文也極為稀少。我們藉著慶祝百年社慶的機緣，委請中正大學台灣文學與創意應用研究所所長李知灝教授辦理「天籟吟社百年

紀念學術研討會」，邀請學者專家專題演講、發表論文、與談講評，並由李知灝所長編輯成為《天籟吟社百年紀念學術研討會論文集》，以彰顯諸位專家學者對於天籟吟社相關研究的成果，並使臺灣文學的研究者和愛好者更能進一步認識天籟吟社。

天籟吟社名譽理事長姚啟甲先生在 2018 年本社理事長任內創辦「天籟詩獎」，推動社會大眾與青年詩友創作古典詩的風氣與水準。「天籟詩獎」由姚理事長獨自贊助所有的經費，天籟吟社全體社員共同辦理，迄今已經連續舉辦五年，放眼臺灣詩壇，這是民間人士與詩社推動古典詩風難能可貴的壯舉！五年以來積稿成帙，於是委由本社總幹事張富鈞博士主持編務，輯為《天籟詩獎得獎作品集 2018~2022》，以典藏天籟詩獎歷年得獎詩作，並作為當代臺灣古典詩創作之記錄。

今年我們天籟吟社全體社員極其榮幸、無比歡欣迎接一百週年社慶，維仁忝任理事長，臨深履薄，戰戰兢兢，惟恐自己能力不足，有負師長與先進諸多的期許，幸賴葉世榮老師、歐陽開代前理事長、姚啟甲名譽理事長指導，各位理監事與社員同仁群策群力，所有活動都在順利籌辦之中。感謝萬卷樓圖書公司合作出版「天籟吟社百年紀念叢書」一套四冊：《天籟吟社先賢詩選》、《天籟吟社舊籍復刻》即將在今年 11 月發行，《天籟吟社百年紀念學術研討會論文集》、《天籟詩獎得獎作品集2018~2022》也預計在明年出版。謹在本叢書印行之前，記敘出版緣由如上，並對負責編輯事務的李知灝先生、張富鈞先生、何維剛先生、張家菀女史、莊岳璘先生獻上最深的謝忱。

臺北市天籟吟社理事長 楊維仁 謹誌

2022 年 8 月

天籟詩獎得獎作品集序：因境適變，與時俱化

天籟無聲而為眾聲之所出，唱于隨唱，吹萬不同，因境適變，與時俱化；故能生生不息，原至道而長存，豈百年之期而已！

天籟吟社已歷百年，猶興其業，盛其況，得其眾，揚其聲，貌耆老而心少壯；無他，得賢才而有為，復能本其初心，因境適變，與時俱化，故雖行百里而前程好景在望，未知其所終窮；則百歲之慶，實乃另一里程之開始，首途初發，任重道遠。

詩者，吟詠性情，感物緣事，發而為詩；而讀者與作者興會於意象之間，因共鳴而讚嘆。既非涉於求名，且不意於逐利；然性情之所出，才華之所現，如春花秋月，自然成色；松風石泉，自然成音；悅目愉耳而賞心；則詩人自有蜚聲令譽著於世；故古無「詩獎」之設，而有詩仙、詩聖之名以副其實。

詩可博取功名利祿，始於唐代以詩賦取士；而詩仙、詩聖卻未能以詩賦勝出科舉之場；則詩之為仙為聖，實因無分於功名利祿；但吟詠性情，緣事感物而已。然唐代詩風之盛，如萬紫千紅齊發於陽光普照之野，實得助於科舉詩賦取士；而唐詩之佳妙者，卻殊少「試帖」之作，無非詩人日常感物緣事之所發。然則，一事之得失利弊，實有多端之趨向，未可概括而論之。

「古典詩獎」之設，自現代始。設題、限韻，群體為文以造情；而後評審其優劣，設有狀元、榜眼、探花之名，首獎、優選、佳作之第；得獎者獲贈獎牌、獎金。然則，詩者名利之釣綸，「古典詩獎」或可視為「小科舉」。

　　細審「古典詩獎」之所以肇設，其因在於近現代新文學興起，而古典詩道衰微；故以獎勵之功，期能喚醒沉眠之詩心，振作低迷之吟魄，而重振一代詩風，俾使古典詩道得以綿延不絕；則「古典詩獎」之以名利為引導，實非終極目的；而乃振衰起敝，一時權宜之良策。其究竟關懷，仍為百代詩心之養殖；期在功利競逐之外，眾人猶得感物緣事，吟詠性情而「興於詩」，以起「溫柔敦厚」之世風。

　　舉辦詩獎，並非易事，耗費甚鉅，人力金錢如何可得？二〇一八年，姚啟甲先生時任天籟吟社理事長，既善吟詠，復有范蠡之才之風；因鑑於古典詩道之衰微，乃捐挹鉅資，領導吟社之人才，創辦「天籟詩獎」。規模之宏大，與會之多士，當代文學獎如斯之盛況者，實為少見。

　　一九二二年，林述三先生於大稻埕礪心齋書房創立「天籟吟社」，延續數十年，已漸靜寂。降至二〇一一年，始由歐陽開代先生申請登記為台北市民間社團。歐陽開代與姚啟甲二位先生，前後膺任理事長。據我所知，他們在理事長任內，皆盡心解囊捐資，運作良策，以美成諸項風雅活動，而使得天籟吟社復見麗日中天之氣象。這就是我所謂「得賢才而有為」，兩位理事長堪稱「天籟中興」之關鍵。

　　我與天籟吟社結緣多年，姚先生在理事長任內，邀我為他所創辦「三千教育中心」講學，學員多為天籟吟社之好詩者。數年至今，講授唐宋詩選、歷史人物的智慧與詩、莊子學、李商隱詩、蘇東坡詞。學員頗多年長之輩，然詩心靈活過於青少年。每週一次以詩交會，莫不樂在其中。即此因緣，二〇一八年，首屆「天籟詩獎」頒獎典禮，姚理事長乃邀我專題演講；講題為〈古典詩如何表現「現代感」與「在地感」？〉此乃古典詩處當代社會如何新生而續存之「大哉問」。喜愛古典詩、關懷古典詩、創作古典詩者，皆須面對此一「大哉問」而思之切、行之篤，

庶幾可以振起古典詩夕陽在山之頹勢。

　　古典詩之衰微，其因多端，非僅形式格律之森嚴，修辭造語之古奧，因而不能受納於白話文學言語自由之時潮；其要因更在題材掘之於倉廩，情思取之於醬缸；而無關乎現代、在地之生活體驗與滌舊出新之價值觀，故無以感動人心而觸發共鳴；則古典詩焉能不自貶於時代社會之邊陲！此中意理，我在演講時，已標舉梁啟超、黃遵憲、林庚白；彼有識之士早有覺察，故發起「詩界革命」；而此一革命，至今尚未竟功。心腦之更化實難於廣廈之改建，有待我輩繼續「因境適變，與時俱化」之作為，或有竟功之一日。

　　首屆天籟詩獎設題，社會組「以台灣歷史人物或史事為範圍」，題目自訂；青年組「以 3C 產品為範圍」，題目自訂。承辦人以此設題徵詢於我，正符合近年我所抱持之詩觀：古典詩創作必須表現「現代感」與「在地感」。而大範圍限定共擇之題材，個人作品題目則自訂；此一設題方式甚佳，既有群體競賽之規範，復有個人創造之空間，我故極力讚許。從此為天籟詩獎釐定「因境適變，與時俱化」之方向與設題方式。第二屆增設天籟組，專供天籟吟社社員參賽，設題為「以台灣小吃為範圍」，題目自訂。其後，第三屆至第五屆，皆循此方式設題；顯示天籟詩獎已發展出，既能「因境適變，與時俱化」，表現「現代感」與「在地感」，而又兼顧「群體」與「個人」，並納一般人士與社員之詩藝競賽模式。

　　從五屆詩獎之設題而言，第一屆「以台灣歷史人物或史事為範圍」，雖為傳統詠史之作，卻已顯示「在地性」。古典詩詠史，原多以大中國之歷史人物或史事為題材，例如秦始皇、漢武帝、諸葛亮、謝安等；或完璧歸趙、鴻門宴、赤壁之戰、安史之亂等。身為台灣古典詩人，卻不熟識台灣歷史人物或史事而發為吟詠，知遠而不知近；則古典詩創作如

何表現「在地感」？第一屆「以台灣歷史人物或史事」做為題材開始，第二屆社會組「以台灣街景為範圍」、天籟組「以台灣小吃為範圍」；第三屆社會組「以台灣文學作品為範圍」、天籟組「選擇一位台灣詩壇先賢吟詠」。凡此設題皆有引導古典詩表現「在地感」之取向。

至於第一屆青年組「以 3C 產品為範圍」；第三屆青年組「任選一種體育活動吟詠」；第四屆社會組「以 2020 奧運為範圍」，青年組「任選一種現代文具為範圍」，天籟組「任擇一行業吟詠」。凡此設題亦皆有引導古典詩表現「現代感」之取向。其中，尤以青年組以 3C 產品、現代文具為題材最見特殊；文具之詠，古代已有以文房四寶為題，現代文具當須選擇古所未有者，始能表現「現代感」，修正帶、鉛筆、計算機、圓規之類是也。至於以 3C 產品入詩，則陶謝李杜蘇黃所未曾夢想，乃徹頭徹尾之現代題材。綜觀得獎作品，或得趣，或得意，或得理，皆是創新之作。

詩者，感物緣事，吟詠性情。題材儘可取自經驗之物之事，然而詩意則在「虛」不在「實」。經驗之物之事，實也，聞見於自然或社會世界，近在耳目之間；詩意，虛也，由「感」而生，乃性情之所出，深在心靈之內。「物」與「事」必經性情之能「感」，靈覺想像，始得「化實為虛」，創造新奇之意象。意在象中又在象外，不可實指明說；但能觸引讀者起「興」，召喚其感覺，誘動其想像，啟發其情志，因虛境而默會於心。是故詩之創作，最忌全篇皆以抽象概念直做陳述，甚至議論。詠史、詠物、寫景之作，皆須融入詩人之情思，化事物景觀為意象，使讀者即事即物即景而生情。然則，事物取諸現代與在地，表象而已，容易為之；其難者在於情思能表現「現代感」與「在地感」，而修辭又不失典雅；故古典詩表現「現代感」與「在地感」，其本在於「詩心」之因境適變，

與時俱化。詩道衰微,今之為詩,或有不識此理者,如何作好詩?

　　詩本於才性,而成於學習。才性為天資,不能強矯;學習為後務,可以用功而得。學者,學養也,務須多讀書窮理,以廣其識而深其思;習者,摹習也,務須多揣摩古代詩人典律之作,而領悟其體式以及表現原理技法。詩道衰微,今之為詩,或有不勤於學習者,如何作好詩?

　　唐代科舉以詩賦取士,士人因詩而及第,博取功名利祿;而後日常不復吟詠性情,終究不成優秀之詩家。故唐代進士何止萬計,而成一家之詩者,恐不及千。「詩獎」可視為「小科舉」,一次獲獎,名利雙收;而後日常既疏於學習,又少感物緣事而發,吟詠性情,不為詩獎而作,終究難成一家之詩;則一次得獎,不過浮光而逝。得獎者,生具詩人才性,當以終成優秀詩家自期。「天籟詩獎」於振興古典詩風,已初有成果;至於能否因此養成優秀詩家,則可做為更長遠之期待。

　　　　　二〇二三年癸卯暮春　顏崑陽 序於壽豐涵清莊藏微館

目次

2018 天籟詩獎

頒獎典禮
2018 年 12 月 8 日
新莊典華飯店三樓愛丁堡廳

社會組

題目：以「台灣歷史之人物或史事」為範圍，題目自訂。不必聯章，
四首各自獨立，可分詠不同之人物或史事。

體裁：七言律詩、五言律詩、七言絕句、五言絕句各一首，限平聲韻
目（以平水韻為準）。

初審：何維剛先生（網路古典詩詞雅集前版主、臺北市天籟吟社社員）
吳身權先生（新竹詩社理事、臺北市天籟吟社社員）
陳建男先生（國立臺灣大學中文系兼任助理教授）

複審：李正發先生（網路古典詩雅集版主）
林東霖先生（南投縣草屯登瀛詩社執行長）
普義南先生（淡江大學中文系助理教授）

決審：沈秋雄先生（國立臺灣師範大學國文系退休教授）
林文龍先生（國史館臺灣文獻館退休研究員）
陳文華先生（淡江大學中文系榮譽教授）

首獎
讀臺灣地圖史有作四首　　　　　　　　　　鄭景升

北港圖

千載空聞海上山，只應仙境隔塵寰。

秦橋漫指蒼茫外，商路頻探浩渺間。

潮暗生時初邂逅，煙微開處盡孱顏。

形圖幸莫嫌疏簡，聊與世人窺一斑。

大員港市鳥瞰圖

帆影相偎處，海氛初結時。

孤城新入畫，遠色幻如詩。

濤浪鯨爭引，潮流誰得窺。

依稀聞拍岸，響徹湛波湄。

康熙臺灣輿圖

自是千秋一帝王，雄圖但劃海為疆。

新潮不待君先覺，早認蓬萊作故鄉。

臺灣島清國屬地部

分鹿焉知夢，凝圖早有心。

奔鯨波息後，或許鑑浮沉。

優選
滬尾有懷   林宸帆

紅毛城

西班牙始築聖多明哥城，荷蘭命安東尼堡，後鄭氏降清，易名
英國領事館。清割地，遂屬東瀛。珍珠港役，東瀛降美，方稱
紅毛城。群雄競起，城樓猶在。東海揚塵，未損鉛華，然誰記
滄桑？

非時出雄傑，無浪不江湖。
到底誰為主，小樓依舊朱。

牛津學堂

牛津學堂，馬偕建也。昔，先生不忍青衿傍大榕，借蒼穹作屋、
青草作蓆，故建之。一世偉人，于今安在耶？致遠仁重，孰識
一、二？

天幕為樓草為蓆，小堂坐對數峰欹。
一番故實今何在，榕下蕭然半局棋。

英商嘉士洋行

清咸豐十年，北京條約開淡水通商，英格蘭建洋行，後東瀛所
有。民卅年，珍珠港役，美軍機襲北台，洋行毀於兵燹，改倉儲。
其隳也，余偶至舊跡，有感華堂如此，莫不淒然，是以有作。

空階幾寸苔。曾是小瓊臺。

向夜來相訪，重門喚不開。

奈無今夕酒，能醉舊時哀。

風物休多憶，塵寰夢一回。

過滬尾偶懷安南戰役

清光緒十年，清法因蕃地安南歸屬，襲瀛洲滬尾，劉壯肅公大
敗法寇。而今夕烽寂寂，臨江懷遠，倚欄遠眺，不啻舟帆、斜
陽矣。

于今孰記安南役，關渡橋前祇短篷。

清法已成泡影外，戰兢盡付櫂聲中。

微瀾挂眼紛紛白，落日搖情隱隱紅。

薄暮遠江依舊在，那堪回首卻霜風。

優選
追懷劉銘傳等四首 　　　　　　　　　　　　林懷益

追懷劉銘傳

海氛騷動起東瀛，下詔將軍赴遠征。

柱可擎天悲末劫，戈難返日壞長城。

六年未了生前事，三郡空傳身後名。

惆悵大潛山外路，英雄憑弔不勝情。

赤嵌樓懷古

倚劍承天府，鯨濤吼檻中。

驅荷標正氣，抗滿展雄風。

絕島哀龍種，孤臣紀駿功。

劇憐三世業，人去霸圖空。

緬懷邱逢甲

忠心謀國見雄才，無力回天劇可哀。

海日嶺雲增感慨，詩情磅礡冠蓬萊。

吳沙

開墾蘭陽地，澤民恩惠長。

吳沙功不朽，青史永流芳。

優選
台灣舊事扶桑篇四首　　　　　　　　　　黃福田

割台　讀丘逢甲春愁詩有懷

甲午起狼煙，蠻氛五十年。

憶君心碎淚，看取好山川。

反抗　詠姜紹祖

日出焰旗張，男兒不認王。

舉兵呼敢字，負羽戍孤鄉。

碧血身先卒，丹心願未償。

斷頭詩尚在，壞下亦軒昂。

注：姜紹祖新竹北埔人，率領「敢字營」與日本人作戰，不幸兵敗被俘，
因不願投降吞鴉片膏自盡，臨終前留有自挽詩〔斷頭詩〕，表明
寧死不屈的男兒氣概。

施政　建設與破壞

逐山伐盡千齡木，引水滋榮萬穀莖。

路貫北南車搭軌，潭生日月夜同明。

征衣白骨刀環斷，戎帳朱顏杜宇鳴。

今古悲歡多少事，一時風雨一時晴。

光復

頑寇雙城化劫灰，却教白日破雲來。

當年渡口歌光復，何故今爭孰賣台。

注：國民政府軍在基隆港登陸，台灣人民傳誦陸游「王師北定中原日，
家祭勿忘告乃翁」的詩句，並唱歡迎歌。

佳作

寧靖王朱術桂等四首　　　　　　　　　　　　洪淑珍

寧靖王朱術桂

> 國亡志決立成仁，況是天潢貴胄身。
>
> 祚紹南明民共戴，烈侔北地世無倫。
>
> 清師勢盛誰能禦，台島才空孰可振。
>
> 悽絕五妃同日死，英風愧煞荷戈人。

注：北地指劉禪之子劉諶封北地王，禪降魏樂不思蜀，諶縊於昭烈廟。
　　末代王孫先後媲美。

鄭成功

> 抗滿心何切，驅荷志克伸。
>
> 為延明正朔，廣庇漢遺民。
>
> 地拓分河岳，祠成享藻蘋。
>
> 孤忠傳不朽，破格一完人。

注：正氣歌有「下則為河岳，上則為日星」。成功驅荷後將各鎮部隊
　　分駐各地自耕自食，台灣地腴糧食無虞。沈葆楨題鄭祠下半聯有
　　「缺憾還諸天地，是創格完人」。

丘逢甲

> 保台議定氣如虹，慷慨悲歌眾所崇。
>
> 無力回天仍奮鬥，漫將成敗論英雄。

沈光文

　　文獻尊初祖，延平禮重之。

　　忠貞天可鑒，一賦憾猶疑。

注：傳著有一篇台灣賦，敘山川名勝外，對清施政多贊揚，後人皆不信光文所做，遂成疑案，至今尚爭論不休。

佳作

詠陳肇興等四首　　　　　　　　　　　　許朝發

詠陳肇興

小邑出雄才，苦逢兵氣開。

詎為方外客，寧化劫餘灰。

俠骨猶燕士，詩篇脫杜胎。

奈何酬未得，咄咄對蓬萊。

詠洪棄生

經傳絳帳適登瀛，山長清狂比禰衡。

敢逆時趨得時譽，無慙高士負高名。

漢家不復衣冠在，秦世愁聽雞犬鳴。

難向中原存髮辮，搔頭漸短亦君卿。

詠八田與一

百里天工禹績成，本心純為利他生。

憐君族類無偏待，銅像玷於朋黨爭。

詠孫立人將軍

烏合煉雄師，笑談破敵旗。

時平飛將老，孤劍已磨遲。

佳作
萬華古蹟感賦四首　　　　　　　　　　　　　簡帥文

西門紅樓

　　畫棟砌成春復秋，喧闐街市恣歡遊。

　　曾看巍煥朝霞起，何意繁華暮水流。

　　有態新容頻攬客，多情舊事幾回眸。

　　不隨王謝歸飛燕，重舞東風上此樓。

艋舺清水祖師廟憶頂下郊拚

　　蕆宇麗晴和，祖師門謁過。

　　金爐青靄盛，玉燭絳霞多。

　　後殿遺焚跡，往塵悲黍歌。

　　應懷郊拚事，不復起干戈。

剝皮寮歷史街區

　　磚樓細述剝皮寮，莫道街塵暗寂寥。

　　何似徐娘餘韻在，教人難捨舊時嬌。

青草巷

　　巷中仙客忙，採藥室生香。

　　百草功成後，復誰傳此芳。

佳作

讀史四則　　陳文峯

鄭延平

功續南明祚，天開絕域新。
英雄曾不壽，掩卷欲霑巾。

劉壯肅

撫臺氣略遏雲高，興殖籌邊六載勞。
海嶠遺思神不滅，醒民松韻作奔濤。

唐景崧

一念負初心，局危安可任。
轅門觴詠盛，虎纛海烽侵。
遯命懟天咎，棄民哀陸沉。
牡丹重見日，故國豈堪吟？

丘逢甲

筆端膽氣鬱如林，劇變遭逢起壯心。
刺血難回割臺議，懷鄉曲盡斷腸吟。
鯤鵬斥鷃譏何止，薏苡明珠謗益深。
回首間關惟痛哭，責教殉節辨丹忱？

佳作
詠史四首   鄭世欽

謁五妃廟

巷陌尋常老樹皴，瓣香魂五此逡巡。

過江應有新亭泣，易祚寧無故國呻？

魚爛馬班同疾首，環投節義不降身。

玉樓花落楚歌裡，忍辱男兒皆貳臣。

郁永河

東望黑溝險，壯遊霞客心。

淡江錐錦橐，裨海起龍吟。

冒穴礦漚沸，懷風草澤深。

鯤瀛花解語，飛作竹枝音。

曹謹

求法制龍非定禪，禹謨一圳曲流千。

平疇春色開天府，解旱曹公果是仙。

寧靖王

死節全腰領，忍聞悲蜀歌。

胡天卑濕地，薇蕨料如何？

社會組決審會議紀錄

會議時間：二〇一八年十一月廿六日（星期一）下午一時

會議地點：三千教育中心（臺北市民權西路 53 號 12 樓）

評審委員（依姓氏筆畫序）：

　　沈秋雄（國立臺灣師範大學國文系退休教授）

　　林文龍（國史館臺灣文獻館退休研究員）

　　陳文華（淡江大學中文系榮譽教授）

列席（依姓氏筆畫序）：

　　姚啟甲（臺北市天籟吟社理事長）

　　楊維仁（臺北市天籟吟社常務理事）

紀錄：

　　張富鈞（臺北市天籟吟社理事）

　　會議先由主辦單位報告「2018 天籟詩獎」之參賽情形。本屆徵詩題目為：「以『台灣歷史之人物或史事』為範圍，創作七言律詩、五言律詩、七言絕句、五言絕句各一首，題目自訂，不必聯章。」共收到九十三件作品，經初審委員吳身權、陳建男、何維剛評選，共計六十三件進入複審。再經複審委員林東霖、李正發、普義南評選，共計二十件進入決審。經三位決審老師各選十件，共產生十八份入圍作品，預計於今天選出首獎一位，優選三位，佳作五位，得依評審會議決議從缺或增額錄取。

　　會議中公推陳文華教授擔任會議主席，主席先請決審委員就作品

的整體品質以及評審標準作一共識性的討論，再進行評選。本次複審之複審意見討論。

○一○〈追懷劉銘傳等四首〉

○二○〈臺南懷古〉

○二一〈鐵砧山弔鄭延平等四首〉

○二四〈讀臺灣地圖史有作四首〉

○二六〈萬華古蹟感賦四首〉

○二八〈漫讀日治時期人史有感四詠〉

○三三〈臺人四詠〉

○三四〈滬尾有懷〉

○四二〈寧靖王 朱術桂等四首〉

○四三〈詠史四韻〉

○四四〈台灣舊事扶桑篇四首〉

○四五〈讀史四則〉

○五九〈看見台灣 · 悼齊柏林等四首〉

○六四〈臺灣四詩人詠〉

○六五〈臺灣水圳四注〉

○七五〈東寧王國等四首〉

○八一〈詠陳肇興等四首〉

○九○〈過馬場町公園等四首〉

陳文華：本次進入決審的一共有二十件作品，我們前面已勾選了十八件，那麼我想就根據這十八件作品來進行討論。但在討論之前，我們是不是先各自表達一下評審的原則，先有一個共識。

尤其是在複審時，複審委員有針對三件作品提出意見：編號〇六四〈臺灣四詩人詠〉的第一首出韻，編號〇九〇〈過馬場町公園等四首〉的第二首出律，編號〇二一〈鐵砧山弔鄭延平等四首〉所詠的吳鳳與史實有爭議。那麼我們是否先就這三件作品進行討論，是否要納入決審討論中？

沈秋雄：我看了一下比賽辦法，裡面清楚載明「參選作品請遵守古典詩格律」。所以假使作品有出律的現象，我想就不要放入討論。至於吳鳳的那件作品，雖然這件作品其他三首都不錯，但既然吳鳳的史實本身具有爭議，詩的文字、語氣也需要再斟酌，可以看兩位委員的想法，我不堅持一定要保留。

陳文華：我想這邊可以分成兩個範圍來說，一個是格律的出律與否，這是是非的問題；另一個是吳鳳的爭議，這是史實評斷的問題。老實說，我們年輕時接受到的教育，就是說吳鳳捨身成仁、教化原住民吧！是因為後來歷史翻案，認為不是這樣，而且要尊重原住民，才修正這段史實。那麼編號〇二一我們是否就看作品，暫時不討論這個史實的爭議？

林文龍：我表示一點看法，如果針對出律的部分，如果只有一個小誤差，像編號〇九〇〈過馬場町公園等四首〉這件作品，其實它四首寫得都不差，只有第二首〈懷賴和〉的第七句：「唯惜人已遠」把惜字誤作成平聲，可能就是作者比較年輕，對入聲不熟的關係。我們在傳統詩壇有一個習慣，就是評審可以替作者改一個字，當然要說明這是被改過的。這是因為作品整體不錯，出於鼓勵的心態去為他調整。至於像編號〇六四〈臺灣四詩人詠〉的〈陳逢源〉，前面用一東韻，第四

句卻押二冬韻的字，這是出韻，就不幫他改。

陳文華：所以林先生是認為〈過馬場町公園等四首〉這件作品還是可以納入討論？

林文龍：我想還是以鼓勵為主，不要太過苛責。而且這個很明顯是作者對入聲字不熟悉，所以犯了錯誤。

陳文華：可以理解林先生的想法，但這邊可能有一個問題要先確認，就是評審到底能不能任意幫作者改字，會不會造成對其他人的不公平？像編號〇六四〈臺灣四詩人詠〉我就很掙扎，它其實全篇寫得非常好，但〈陳逢源〉第四句「階高猶得冷香逢」。「逢」在一東、二冬、三江都有，看文意這裡應該是作「相遇」解，是二冬韻；而全詩其它韻腳「風」、「紅」、「中」、「同」是一東韻。這就讓我為難了，我們要是選它，有可能會讓外人質疑評審的專業與公正性。

沈秋雄：我是認為還是不要，因為畢竟比賽辦法有明文規定了，作者自己應該要多加注意。如果「階高猶得冷香逢」是在第一句，那我們還可以說是孤雁出群、借鄰韻，但第四句就不能這樣說。幫它改了對其它作品也不公平。

林文龍：既然兩位委員都這麼認為，我就不堅持了。還有一件作品也要確認一下。編號〇五九〈看見台灣・悼齊柏林等四首〉的第一首第三句：「修堤割岸砂漂馨」，這個「漂」字能不能讀作平聲？因為「漂」解釋成「擊打」、「洗滌」時，應該是讀成仄聲。

陳文華：通常「漂」讀成平聲是當「漂泊」、「漂浮」解釋，這邊看不太出來作者是想當成「漂盪」還是「漂洗」解釋，我想等等看投票結果再來討論好了。

林文龍：另外像編號〇二一〈鐵砧山弔鄭延平等四首〉第四首詠吳鳳殺身成仁的故事，雖然我們年輕是這樣被教育沒錯，但這是不符合史實的，應該要回歸歷史。另外還有一點，就是他第二句：「化蕃起懦夫」用了一個「蕃」字，這是貶低原住民的用語，很不恰當。所以我不贊成把這件作品納入討論。

陳文華：好的，那麼我們整理一下，原本勾選的十八篇中，編號〇六四與〇九〇因為不符格律，我們就先剔除。而編號〇二一因為對吳鳳的評論有爭議，所以也先割愛。一共剩下十五篇作品要進行討論。為了讓討論可以集中，是否請各位委員第一輪先勾選九件出來，不分名次，再對勾選出來的作品進行討論。

【第一輪勾選】

〇一〇〈追懷劉銘傳等四首〉：三票（沈秋雄、林文龍、陳文華）

〇二〇〈臺南懷古〉：〇票

〇二四〈讀臺灣地圖史有作四首〉：三票（沈秋雄、林文龍、陳文華）

〇二六〈萬華古蹟感賦四首〉：三票（沈秋雄、林文龍、陳文華）

〇二八〈漫讀日治時期人史有感四詠〉：一票（沈秋雄）

〇三三〈臺人四詠〉：一票（陳文華）

〇三四〈滬尾有懷〉：三票（沈秋雄、林文龍、陳文華）

〇四二〈寧靖王 朱術桂等四首〉：二票（沈秋雄、陳文華）

〇四三〈詠史四韻〉：二票（沈秋雄、林文龍）

〇四四〈台灣舊事扶桑篇四首〉：二票（林文龍、陳文華）

〇四五〈讀史四則〉：三票（沈秋雄、林文龍、陳文華）

〇五九〈看見台灣・悼齊柏林等四首〉：〇票

〇六五〈臺灣水圳四注〉：一票（陳文華）

〇七五〈東寧王國等四首〉：一票（林文龍）

〇八一〈詠陳肇興等四首〉：二票（沈秋雄、林文龍）

陳文華：經統計後，三票的有〇一〇、〇二四、〇二六、〇三四、〇
　　　　四五，共五件作品；二票的有〇四二、〇四三、〇四四、〇
　　　　八一，共四件作品；一票的有〇二八、〇三三、〇六五、〇
　　　　七五，共四件作品。那麼我們先討論一票作品，看有沒有要
　　　　放入第二輪討論的，然後再就二票以上的作品進行討論。

【一票作品討論】

〇二八〈漫讀日治時期人史有感四詠〉

沈秋雄：這件是我投的，我覺得整組作品水準還算整齊。既然其他委
　　　　員不認同，我不堅持要列入第二輪討論。

林文龍：他第一首〈李梅樹〉重了一個「回」字，最好能改掉。

〇三三〈臺人四詠〉

陳文華：這件是我投的，但我不堅持這件作品要納入第二輪討論。因
　　　　為我覺得這件作品的筆力不錯，但它仍有一些缺點。例如第
　　　　一首題目〈過李臨秋故居兼詠望春風〉，這個不太通。望春

風是一首歌曲，你要怎麼詠？

林文龍：既然這件作品的總題是〈臺人四詠〉，作者直接寫〈李臨秋〉
　　　　其實就可以了。

陳文華：另外還有幾個問題我不是很清楚，想請問兩位委員。它第三
　　　　首〈蔣渭水〉：「至今雪谷憶春風」，這個雪谷是什麼？另
　　　　外第二首〈蔡瑞月〉：「縱然監牢裡，未惜度金針」，所以
　　　　她坐過監牢？

林文龍：雪谷是蔣渭水的別號。蔡瑞月的確有坐過牢，因為她在日本
　　　　時代就已經是很有名的舞蹈家，二二八之後，當時國民政府
　　　　對她有一些意見，所以關了很長一段時間。

〇六五〈臺灣水圳四注〉

陳文華：這件作品也是我投的，我覺得這件作品不錯。雖然我們在比
　　　　賽辦法中沒有要求聯章，但在創作時，題材的選擇應該是愈
　　　　集中愈好。這件作品的好處是它集中在台灣的水圳，而且按
　　　　照建造時間先後，從一七〇九到一九二〇，史料十分完整。
　　　　且最後一首〈嘉南大圳〉的結句提到烏山頭水庫的殉名碑：
　　　　「殉名齊列無分族，但歎今朝恐不如」，對應到現在社會族
　　　　群對立的氣氛，還蠻有感慨的。當然這件作品也是有缺點，
　　　　像第一首〈八堡圳〉：「承權桑海變」，不太清楚作者想要
　　　　表達的是什麼。

林文龍：「承權」應該是說政權從清朝過渡到日本、民國，就像滄海
　　　　桑田一樣。不過我也覺得這句不通。另外這首還有一個問題，

第一句：「石笱導湍激」的「笱」。「笱」是一個俗字，「石笱」就是蛇籠，這裡是用台灣話轉過來的詞。

陳文華：作者在後面有加註解說明「石笱」是什麼。

林文龍：作者解釋沒錯，不過「石笱」是閩南語的發音，沒有造字，應該是作者借「石笱」來表音。

陳文華：這是俗語入詩，這部份還好，不是什麼大問題。

沈秋雄：另外第四首〈嘉南大圳〉的第四句：「堰水密藏明暗渠」也有問題，既然是密藏，為什麼會是「明暗渠」？除非它是偏義複詞，不然既然密藏，就應該不會有明渠。但這邊看起來也不像是偏義複詞，敘述不是很通透。

林文龍：第六句的：「潺湲百里蔭人居」也不太通。樹木才能蔭，水圳要怎麼蔭呢？這邊讀起來不是很通順。

陳文華：好吧，那我不堅持保留這件作品。

〇七五〈東寧王國等四首〉

林文龍：這件是我投的，但我不堅持要列入第二輪。這件作品還不錯，只是有些題目涉及到政治意識的問題。像第二首〈臺灣民主國〉其實不太算是一個正式的國，第一首的〈東寧王國〉也比較像是一種精神上的宣示。鄭氏雖然實質上是一個政治實體，但它仍然奉明朝的正朔，沒有另外獨立。所以我覺得這個在歷史詮釋上還是有些爭議存在。

經討論後，決議割愛〇二八、〇三三、〇六五、〇七五，共四件作品。

【第二輪勾選】

陳文華：按照前面討論的結果，要納入第二輪討論的一共有〇一〇、
〇二四、〇二六、〇三四、〇四二、〇四三、〇四四、〇
四五、〇八一，共九件作品。根據比賽簡章，我們要選出九
件得獎作品。那麼是否我們先就這九件作品予以評分，再根
據分數高低來討論名次？

沈秋雄：贊成。

林文龍：贊成。

陳文華：那麼請決審委員各自對九件作品評分，第一名給予九分，第
二名給予八分，依此類推。最後總結成績，再來決定名次。

〇一〇〈追懷劉銘傳等四首〉：十八分（沈秋雄九分、林文龍六分、
陳文華三分）

〇二四〈讀臺灣地圖史有作四首〉：廿三分（沈秋雄八分、林文龍八分、
陳文華七分）

〇二六〈萬華古蹟感賦四首〉：十一分（沈秋雄二分、林文龍五分、
陳文華四分）

〇三四〈滬尾有懷〉：十九分（沈秋雄七分、林文龍三分、陳文華九分）

〇四二〈寧靖王朱術桂等四首〉：十三分（沈秋雄六分、林文龍一分、
陳文華六分）

○四三〈詠史四韻〉：十一分（沈秋雄三分、林文龍七分、陳文華一分）

○四四〈台灣舊事扶桑篇四首〉：十七分（沈秋雄五分、林文龍四分、陳文華八分）

○四五〈讀史四則〉：十一分（沈秋雄四分、林文龍二分、陳文華五分）

○八一〈詠陳肇興等四首〉：十二分（沈秋雄一分、林文龍九分、陳文華二分）

陳文華：按照主辦單位的要求，我們必須排定九件作品的先後名次，那麼是否我們就依據分數高低逐一討論每件作品，再來決定是否要調整前後名次？

沈秋雄：贊成。

林文龍：贊成。

○二四〈讀臺灣地圖史有作四首〉

林文龍：這篇作品不錯，句子也都很老練。但我對第一首〈北港圖〉的「秦橋漫指蒼茫外，商路頻探浩渺間」有點不懂。「秦橋」如果是指秦始皇派遣童男童女出海求仙，還說得通；但「商路」我就不清楚作者是用什麼典故？

陳文華：「秦橋」應該是用了秦始皇為了看日出有神人「鞭石為梁」的典故。而「商路」可能是指經商的道路吧？

林文龍：但秦橋是一個地名，這邊應該也是地名。如果是說經商的通路，但北港是海運，用「路」似乎也不恰當。

沈秋雄：這個「商」未必就是地名或朝代名，可能就是商人的商，借用商朝的「商」來跟秦對。

陳文華：那就是一個借對的技巧。至於用「路」來說海運，也很平常，「海路」不就是一個很普通的辭彙？另外我不太清楚的是〈北港圖〉第六句的「煙微開處盡孱顏」的「孱顏」是什麼意思？假如拿來形容地形地貌，似乎並不恰當。作者並沒有交待清楚，可算是瑕疵。

○三四〈滬尾有懷〉

沈秋雄：我覺得這件作品整體還不錯。

林文龍：我認為這件作品選題不錯，比較集中，有些作品選題太過鬆散，看起來很零落。它選的幾個地點也不至於太泛，有關照到一些比較為人所不知的地方。

陳文華：這件作品整體的文字運用上我覺得比○二四巧妙，像是第一首〈紅毛城〉的結句：「到底誰為主？小樓依舊朱」，用「朱」鉤連到「紅毛城」的名稱，回應前面「誰為主」的提問；暗示了雖然歷經朝代更迭，這紅毛城依然長存。另外像第三首〈英商嘉士洋行〉：「向夜來相訪，重門喚不開」、「奈無今夕酒，能醉舊時哀」，頷聯、頸聯連續用了流水對，都很有味道。

○一○〈追懷劉銘傳等四首〉

林文龍：這件作品通篇還不錯，但我覺得第四首的〈吳沙〉略差，像「澤民恩惠」、「功不朽」，只是使用套語。

陳文華：它也有不錯的地方，像是第一首〈追懷劉銘傳〉的：「柱可擎天悲末劫，戈難返日壞長城」，造句就十分雄健。不過它第二句的「下詔將軍赴遠征」不太恰當，將軍是劉銘傳，怎能「下詔」？若說主語是朝廷，卻又前無所承。所以應該是「奉詔」，而不是「下詔」。

沈秋雄：我蠻欣賞它第二首〈赤嵌樓懷古〉，寫得很好。

陳文華：不錯，這首五律整體來看八個句子都十分有力量，對偶也很精彩。這件作品的問題主要在第四首的結句：「青史永流芳」。直接用套語，太空洞，貶損了全篇的價值。

沈秋雄：作者在這裡下句太過輕率，不夠凝鍊。

林文龍：另外第四首題目既然是「吳沙」，內容就不宜再出現吳沙的名字。

○四四〈台灣舊事扶桑篇四首〉

陳文華：我很推崇這件作品，臺灣的歷史雖然不長，但可書寫的還是很豐富。本件作者集中抒寫日本統治臺灣的這段歷史，從馬關條約清廷割臺到國民政府光復縮成四個主題，焦點非常集中。

林文龍：它用歷史來貫穿，有明確的脈絡，這一點不錯。

陳文華：另外就是第三首〈施政〉寫得很好，對日本人的統治有褒有貶。像第一句「逐山伐盡千齡木」是貶，但第二句「引水滋榮萬穀莖」是褒；第二聯三四句「路貫南北車搭軌，潭生日月夜

同明」又褒，第三聯五六兩句「征衣白骨刀環斷，戎帳朱顏
杜宇鳴」又貶；最後結句：「今古悲歡多少事，一時風雨一
時晴」，以「悲」∕「歡」、「風雨」∕「晴」來總結褒貶兩面，
結構很綿密，亦呼應副題的「建設與破壞」。另外第四首〈光
復〉的結句：「當年渡口歌光復，何故今爭鬻賣台」，也切
合到現在熱門的議題，對時論有所譏諷。

沈秋雄：但它也有一些表意不清楚的地方，像第二首〈反抗〉的「男
兒不認王」，「認王」意何所指？另外〈光復〉第二句的「白
日破雲」也不太了解是什麼意思？

林文龍：白日應該就是「青天白日旗」，講國民政府光復臺灣，只是
用比較隱晦的方式去說。

陳文華：「不認王」，應該是不降服的意思。倒是〈光復〉這一首的「雙
城」，不知指的是什麼？

○四二〈寧靖王 朱術桂等四首〉

林文龍：這件作品我覺得沒有什麼問題，只有第三首〈丘逢甲〉的第
四句：「漫將成敗論英雄」，這是直接移用延平郡王祠的白
崇禧對聯，這樣不太好。

沈秋雄：如果標一下這句出處，會比較適合。

林文龍：這是現成的句子，最好不要直接用，有所調整會比較好。

陳文華：不過它有一些文字用得很好，像第一首〈寧靖王朱術桂〉的
頷聯：「祚紹南明民共戴，烈侔北地世無倫」。用「南明」

對「北地」，這個借對就用得很好。

林文龍：用「北地王孫」的典故，運用得很巧妙。

〇八一〈詠陳肇興等四首〉

林文龍：這件作品我給它分數最高，因為前兩個詠的對象都是彰化人，
　　　　有一點鄉曲之見。不過我要為它說一下，洪棄生是非常有才
　　　　學的詩人，一生就是不肯屈服日本人；陳肇興也是非常有代
　　　　表性的臺灣詩人，在他之前臺灣的讀書人大部分都只寫考試
　　　　用的試帖詩，一直到陳才擴大臺灣古典詩歌創作的面貌。第
　　　　二個就是作者選的四位都不是常被作為吟詠或書寫的對象，
　　　　所以我認為值得鼓勵。

陳文華：我對一些地方不太了解，像〈詠洪棄生〉的末句：「搔頭漸
　　　　短亦君卿」，不清楚作者想要表達什麼？

林文龍：應該是說當時洪棄生不肯剪辮，日本人埋伏在他家附近，硬
　　　　把他的髮辮剪斷。洪棄生之後就披頭散髮、蓬頭垢面，意思
　　　　就是不願意屈服你日本人。不過這個「君卿」我也不太清楚
　　　　是什麼意思。

沈秋雄：另外像是第四首〈詠孫立人將軍〉的末句：「孤劍已磨遲」，
　　　　不太清楚是指什麼？「遲」字用得很勉強，整句意不通透。

陳文華：另外想請問第一首〈詠陳肇興〉的第七句：「奈何酬未得」，
　　　　我不知道陳肇興是要酬什麼？

林文龍：這個應該是講他的詩集。當時發生了戴潮春事件，彰化縣城

淪陷，臺灣局勢大亂，陳肇興逃到南投的集集避難，就把沿途看到的戰亂局勢、民眾痛苦寫成兩卷詩，叫作《咄咄吟》。所以應該是說陳肇興想要安家定國的壯志無法實現，只能用詩歌記錄下來。

沈秋雄：但這個意思無法從句子裡看出來，除非加個註解說明，不然讀者不太容易把「咄咄」與《咄咄吟》連結起來。

陳文華：那我想這「酬」的主語是本詩的作者吧！作者遺憾無法酬答陳肇興《咄咄吟》的詩篇；結句是從第六句「詩篇脫杜胎」再加以衍伸，只是造句不太清楚，有欠穩妥。另外第二句的「苦逢兵氣開」，「開」字也不穩，有點湊韻。

沈秋雄：不過它的頷聯「詎料方外客，寧化劫餘灰」寫得很好。

〇二六〈萬華古蹟感賦四首〉

陳文華：按照主辦單位的要求，作品同等級也需要排列順序。所以三件十一分的作品，也請各位委員討論出先後順序。

林文龍：這件作品題目集中在萬華，比較有一體感。而且選擇的地點也不是常被吟詠的地區，算是有一些新意。

沈秋雄：不過作者的選擇似乎偏向一些燈紅酒綠的歡樂場所，我覺得題材太集中。

林文龍：剝皮寮比較多，以前萬華的風化區主要集中在剝皮寮那附近。像第一首〈西門紅樓〉早期是戲院。

沈秋雄：它的頸聯：「有態新容頻攬客，多情舊事幾回眸」也有一點
　　　　風月之思。

林文龍：萬華的風化區以前是集中在剝皮寮附近沒錯，當然也有一些
　　　　流鶯到處攬客，可能紅樓附近也會有。現在紅樓附近也都是
　　　　酒吧，說是燈紅酒綠也不算錯。

陳文華：就題材來說，雖然集中在萬華古蹟，但題目並未一致，如第一、
　　　　三、四首都是以地點定題，第二首卻在地點之外，另加上「憶
　　　　頂下郊拚」，就感覺不夠整齊，反成蛇足。其實若要交待史
　　　　實，可以用附註方式說明。另外，有些句子語義不夠準確，
　　　　如第二首：「應懷郊拚事」的「懷」，這個字通常表達的是
　　　　正面情緒，如「懷念」，用在這裡就不恰當。又如第三首：「何
　　　　似徐娘餘韻在，教人難捨舊時嬌」，這裡要表達的是此一古
　　　　蹟風韻猶存，但用了「何似」的反問語氣，反而成了否定句
　　　　了，所以應該用「應似」，才不違背原意。

〇四三〈詠史四韻〉

陳文華：我對這個題目很有意見。〈四韻〉是不通的，應該是四首。
　　　　韻是計算押韻句的單位，不是計算篇數的單位。

林文龍：作者大概認為四首各押一個韻，所以說是四韻，不過不能這
　　　　樣用。傳統詩裡說四韻是指八句，八韻是十六句，不是四篇、
　　　　八篇。

沈秋雄：這件作品也有一些問題，像是〈謁五妃廟〉的第四句：「易
　　　　祚寧無故國呻」，呻字有點湊韻。另外像〈曹謹〉的第一句：

　　　　「求法制龍非定禪」，王維詩說：「安禪制毒龍」，不是
　　　　定禪，而說制龍，這樣就不妥了。

林文龍：大概作者是要用「安禪制毒龍」的典，但是這裡要仄聲，就
　　　　用同義的「定」字替代，只是這樣就有點不穩。

陳文華：另外像第四首〈寧靖王〉的第二句：「忍聞悲蜀歌」，「蜀歌」
　　　　是什麼？

林文龍：會不會是用望帝杜鵑的典故？

陳文華：這說不通。另外第三句的：「胡天」也不合理，寧靖王沒有
　　　　到過北方吧？

沈秋雄：那是否這件作品就放在最後？

陳文華：可以，不過題目建議要修改。

林文龍：那建議改成〈詠史四首〉或〈詠史〉，我想這個不牽涉到詩意，
　　　　要求作者修改應該沒問題。

○四五〈讀史四則〉

陳文華：我覺得這件作品第一個問題是題目不統一，像前兩首是〈鄭
　　　　延平〉、〈劉壯肅〉，但後面卻變成〈唐景崧〉、〈丘逢甲〉，
　　　　這個不是大問題，但最好是統一稱呼，字號就全用字號，名
　　　　字就全用名字，讀起來比較有一體感。

陳文華：另外還有一個問題，第二首〈劉壯肅〉的第三句：「海嶠遺
　　　　思神不滅」，「思」是平聲還是仄聲？

林文龍：我覺得作者應該是當「追想」解釋，當成動詞用。

陳文華：那是誰在思？主詞不清楚。假如把此句解釋為作者身在海嶠而有所追想，那就不應說「遺思」而是「追思」。

林文龍：第四句的「松韻」是哪裡的松樹？不清楚作者想表達的意思。

陳文華：另外第三首〈唐景崧〉的第七句：「牡丹重見日」，牡丹是指什麼？

林文龍：這是指牡丹詩社。唐景崧在臺南成立了一個斐亭吟社，到臺北後又成立了牡丹詩社。

陳文華：那這件作品跟編號○二六哪一個要放前面？

林文龍：我建議編號○二六比較平穩，可以放在前面。

沈秋雄：贊成。

經討論後，決議首獎為編號○二四〈讀臺灣地圖史有作四首〉，優選三位，依序為編號○三四〈滬尾有懷〉、編號○一○〈追懷劉銘傳等四首〉、編號○四四〈台灣舊事扶桑篇四首〉。佳作五位，依序為編號○四二〈寧靖王 朱術桂等四首〉、編號○八一〈詠陳肇興等四首〉、編號○二六〈萬華古蹟感賦四首〉、編號○四五〈讀史四則〉、編號○四三〈詠史四韻〉。

青年組

題目：以「3C 產品」為範圍，題目自訂。

體裁：七言絕句一首，限平聲韻目（以平水韻為準）。

初審：何維剛先生（網路古典詩詞雅集前版主、臺北市天籟吟社會員）

　　　吳身權先生（新竹詩社理事、臺北市天籟吟社社員）

　　　陳建男先生（國立臺灣大學中文系兼任助理教授）

決審：吳雁門先生（大紀元時報專欄主筆、國中退休校長）

　　　洪淑珍女史（乾坤詩刊發行人、臺北市天籟吟社理事）

　　　徐國能先生（國立臺灣師範大學國文系教授）

首獎

Alphago　　　　　　　　　　　　　　　　吳紘禎

足證凡人造物功，平心落子戰群雄。

已成無欲無身累，能見爛柯局不終？

注：Alphago 人工智慧程式，曾與李世乭等高手對弈。

優選

VR 觀星　　　　　　　　　　　　　　　　陳信宇

鏡裡乘槎夢一般，銀屏收盡萬重山。

從今誰復撈湖月？自汲天河漫指間。

注：

1. Virtual Reality (VR)：虛擬實境。穿戴 VR 裝置，配合電腦創造
　　的三維空間，提供使用者感官模擬，彷彿身歷其境，與其互動。

2. 鏡：VR 眼鏡。

3. 銀屏：顯示器。

優選

3C 電子產品（監視器）　　　　　　　　　　林立智

方寸銀屏彈指開，一朝功過眼前來。

仰頭三尺如神在，免向閻君借鏡臺。

優選
詠智慧型手機即時通訊　　　　　　　　　　　　陳坤第

　　魚鴻未至情先至，更敘炎涼勝唱酬。

　　倘或當時傳此物，陽關自此泣聲休！

佳作
鍵盤　　　　　　　　　　　　　　　　　　　　　楊竣富

　　十指推敲新世界，中盤起落亦音聲。

　　惟於一鍵尚留白，大用竟須無用名。

佳作
詠鍵盤　　　　　　　　　　　　　　　　　　　　蘇思寧

　　魚貫圖章自有方，紛紛擊節字成行。

　　誰留毛穎禿時計？且看何人世務忙！

佳作
耳機　　　　　　　　　　　　　　　　　　　　　洪筱婕

　　時而耳畔撥琵琶，或似彈琴只隔紗。

　　旋律共君藏寂寞，人間一線杜喧嘩。

佳作
智慧型手機 邱瀚霆

掌上玄機羅宇宙，眼中尺寸訪幽微。

一聲驚破紅塵夢，從此上林鴻雁肥。

注：漢書·蘇武傳：「言天子射上林中，得雁，足有系帛書，言武等
在某澤中。」言鴻雁不須傳書，故能肥。

佳作
相機 許嘉鴻

風情豈是圖能盡？曾幾光圈似爾瞳。

爭耐凌波人去久，笑顏僅止快門中。

注：

1. 相機中的光圈類似於人類的瞳孔。
2. 第二三四句的第一字皆是甲種拗。

青年組決審會議紀錄

會議時間：二〇一八年十一月四日（星期日）下午十二時三十分

會議地點：天仁喫茶趣復興店（臺北市復興北路 152 號）

評審委員（依姓氏筆畫序）：

　　吳雁門（大紀元時報專欄主筆、國中退休校長）

　　洪淑珍（乾坤詩刊發行人、臺北市天籟吟社理事）

　　徐國能（國立臺灣師範大學國文系教授）

列席：

　　楊維仁（臺北市天籟吟社常務理事）

紀錄（依姓氏筆畫序）：

　　何維剛（臺北市天籟吟社社員）

　　詹培凱（臺北市天籟吟社社員）

　　　主辦單位楊維仁列席報告：首先感謝三位評審老師為我們天籟詩獎擔任青年組的決選工作，天籟吟社姚社長今天不克出席，請我代為致意，歡迎、感謝三位評審老師。我們這次天籟詩獎青年組共收件六十九首，評審分成初審以及決審兩級，初審階段敦聘吳身權先生、陳建男先生、何維剛先生擔任評審，三位初審老師各選三十首，凡是一票（含）以上的稿件的就直接進入決審，所以總共有四十九首進入決選，第二階段則是請三位決審老師各選十首入圍，其中徐國能教授覺得有需要選到十一首，所以徵得主辦單位同意後選取十一首，另外兩位老師則選取十首，總計入圍總共十七首，其中獲得三票的有四首，

二票的的有六首，一票的有七首，詳見入圍名單。我們預計選出首獎一名，優選三名，佳作五名，各獎項請依名次排列，得依照評審會議從缺或者增額錄取，會議過程會錄音及照相並且作成文字紀錄。首先請三位推選一位評審主席，並交由主席主導評審會議，謝謝。

決審老師共同推舉吳雁門校長擔任主席。

吳雁門：本次比賽三位評審老師挑選作品的一致性相當高，如果我們直接談，把比較有共識的作品排出來，先決定首獎，這樣是不是適合？

吳雁門：有三票的是 9 號、10 號、16 號、26 號。在這四首當中，我看我們有沒有共識，會把它訂為首獎的，您們跟我會把它訂為哪一首？

徐國能：我提議一個方法，因為這四首都滿好的，要不然我們各自評分，統計總分之後再看看要不要做調整，第一名給 4 分，第二名給 3 分，第三名給 2 分，第四名給 1 分。

洪淑珍：贊同。

吳雁門：贊同。

（進行第一輪評分）經列席人員統計：

9 號（VR 觀星）吳雁門 2 分、洪淑珍 2 分、徐國能 4 分，共 8 分。

10 號（Alphago）吳雁門 4 分、洪淑珍 3 分、徐國能 3 分，共 10 分。

16 號（詠智慧型手機即時通訊）吳雁門 3 分、洪淑珍 1 分、徐國能 1 分，

共 5 分。

26 號（3C 電子產品（監視器））吳雁門 1 分、洪淑珍 4 分、徐國能 2 分，共 7 分。

徐國能：我評選〈Alphago〉是第二名，可是我覺得跟第一名〈VR 觀星〉要說誰寫的比較好我覺得很困難，那他我覺得寫一個很新的東西，最後能用「爛柯局不終」來寫，的確我也很同意，那我覺得〈VR 觀星〉是文字比較美一點，然後意象寫得很動人，所以這兩篇相比誰得首獎都覺得我可以支持。

吳雁門：在〈Alphago〉人工智慧這首，我的觀點是體悟興感，他很能夠得到詠物的要旨，他並不是很平淡的論述這樣的一個現代事物，也不會在文字上感到疲累，我的意思是他詩感十足，他穿梭古今，不泥於現代事物而用現在的語彙，這裡跟徐教授的想法是一樣的，他的想像有點奇特。那在〈VR 觀星〉的這個部分他很善於現代事物，不在其象，而在其用，他用途的上面倒是寫得很細膩，他很暢達，倒是沒問題，我很喜歡他最後一句「自汲天河漫指間」，如果照七絕的作法，第四句他的意思是要比較沒有餘韻，但是前面這四個字我覺得他有想像力，寫得非常好，所以我剛說的沒有餘韻不是問題，他的眼界、懷抱很遼闊，所以這兩篇我跟教授的看法是一樣的，先後都沒有關係。

徐國能：我再補充校長一點，我覺得〈Alphago〉這個作者滿聰明，因為要詠物你要能夠比別人有更不一樣的體會，那 Alphago 大家都知道電腦很會算，我自己因為懂一點那個圍棋，我有去

看過它的棋和評論，裡面講到 Alphago 除了他的計算很厲害，它最厲害的是我們人會隨著情緒起伏，人會想要追求贏的目標，那 Alphago 它很冷靜，它只是不斷的判斷，所以它的第二句「平心落子」我覺得這個就是我們一般人比較不能夠體會到的地方，然後因為它無身，我們人因為有身所以會有很多的負累，那它無身，所以它把現代和傳統結合一起寫我是很佩服。

吳雁門：我是被它的第三句感動。

洪淑珍：我是覺得他的這個〈Alphago〉因為我之前有去探討這個問題，所以我滿喜歡他這個，那個３Ｃ電子的監視器比較功能性的這方面，是很巧的，還有那種對世俗的勸世，懲善罰惡的觀念。

徐國能：用新的東西代替了神明，大家不要有神明，只要有它就可以了。

洪淑珍：其實因為〈Alphago〉和〈VR 觀星〉都是屬於比較現代的東西，所以它們很漂亮，寫得很夢幻，我覺得很好。

吳雁門：詠物的部分我會比較喜歡蘊藉一點的，那當然平鋪直敘是好的，它的一些物後面引起的感受我們都很同意，所以我會認為它很得體，但得體是它的文字之美，在蘊藉方面會比較少用那種字，這是相對於這兩篇。

徐國能：那個〈Alphago〉第四句它有一個孤平，我有把它圈出來，這個會是個問題。「局不終」的「局」也是入聲，如果它是平

聲那可以救回來。

吳雁門：我個人維持原案，那個孤平問題對初學來講是能避則避，那對一個競賽來說當然也可以看出一個競賽的高度，這首詩整個詞以意，其他都很難跟得上，瑕不掩瑜，後面很難跟得上這一首，那這只是一票。

洪淑珍：我是比較尊重我們歷來的格律訓練，因為就是比賽就是有一個標準，一個遊戲規則，那我們遊戲規則就是說以你在下面這個第五個字第四個字犯了孤平好像是比較不能夠忍受，比較沒辦法符合大家的期待，這是滿可惜的。

吳雁門：我覺得有做說明就好，這個在評論的時候可以特別再把它挑出來。

徐國能：因為是青年組，所以我覺得這對孤平的標準可以再低一點點，因為它打出來的分數也是最高，所以我覺得是不是就考慮用校長的說法，我們讓它得獎，但是特別說明，還是應該盡量遵守唐代的格律是比較好的。

吳雁門：那個格律如果不是很嚴重的話，那應該鼓勵年輕人有更好的創意、想像力，讓所謂的學者們來作，這個是十分重要，在整個詞和意境來講這是很高的，如果是這樣，這個紀錄上面是一定要做說明。

徐國能：不以詞害意，支持這個說法。

洪淑珍：我只是陳述比賽就是要有一個規則要遵守，基於這點上面。

吳雁門：這個在有紀錄之後，讓看的人了解。

徐國能：那是不是〈Alphago〉這個就是首獎？

吳雁門：我個人是一票。

徐國能：那我也是支持它一票，因為它的分數也是最高。基於鼓勵青
　　　　年創作，還是讓他首獎，但是希望他未來的創作還是繼續追
　　　　求格律的正確性和典範性。

吳雁門：那就以〈Alphago〉為首獎。

徐國能：另外的優選是不是也從這三篇裡面挑，因為他們都是三票的
　　　　作品。照分數的話應該是〈VR 觀星〉、〈3C 電子產品 (監
　　　　視器)〉、〈詠智慧型手機即時通訊〉。我是想幫〈VR 觀星〉
　　　　拉一票，因為 VR 這的確是很新的東西，然後他寫那個「鏡
　　　　裡乘槎夢一般」是個很美的開始，然後「銀屏收盡萬重山。
　　　　從今誰復撈湖月？自汲天河漫指間。」也把那個遙遠的收在
　　　　手中那種感覺，我覺得寫得很準確，我是滿喜歡這篇的。3C
　　　　產品那首，跟剛剛洪老師說的，但我覺得他那個唯美的程度
　　　　比較，他是比較傳統的寫法。然後那個 16 號〈詠智慧型手機
　　　　即時通訊〉，其實這首寫的滿好的，他反用那個典故，我覺
　　　　得年輕人能反用典故很好，「倘若當時傳此物，陽關從此泣
　　　　聲休」，他把那個反過來寫，我覺得這也是他很有創意的地
　　　　方，但是從那個蘊藉的程度來講，好像稍微有點不是那麼豐
　　　　富。

吳雁門：我對它的評論是不泥於物象，宛轉道情，宛轉但還是不到蘊

藉的那個點，他能夠打動的我是他宛轉道情，不在細緻的產品，而是他宛轉的道出那個情韻來，「西出陽關有故人」，手機竟然有這個妙意。

徐國能：還有對即時通這點，我也要給作者一點建議，他第一句用「魚鴻未至情先至」有兩個「至」，我覺得他第二句也應該作成那樣類似的句型，這樣讀起來他的聲韻上會比較動人，如「黃鳥時兼白鳥飛」，那樣傳統的句子通常會作成對偶句，那他要這樣寫也可以試試看可不可以作到這樣的詩法。

洪淑珍：那就是我們老師說的，第一句首句如果不押韻的時候，那麼第二句要跟它對仗，那比較閒詠的話就可以了。

徐國能：那我們所以那個排名是不是就按照那個分數，第一個就是〈VR觀星〉，第二個〈監視器〉，這樣8分7分5分剛好沒有重複。

吳雁門：贊同。

洪淑珍：贊同。

徐國能：剩下的就是有五位，我們兩票的有六篇，一票的有七篇，我建議一票的作品有沒有哪位老師特別支持應該要得獎的，我覺得我特別看了一下我選的單獨幾個不得獎都是沒關係的，沒有其他那麼優秀。

吳雁門：都可以討論一下。是不是把這個二票的五位順序也排一下。獲得二票的13號、15號、19號、20號、38號、41號。

徐國能：獲得一票的裡面我選的一篇我覺得還可以，要不要幫我考慮

一下，30 號的隨身碟。

洪淑珍：我是覺得那個「嫣然」好像是在這個地方使用的不是很恰當，不大能夠理解為什麼他要用那個「嫣然」。

徐國能：把笑容存在隨身碟裡，女生寫的，把照片存在裡面收藏這個樣子。

吳雁門：這首詩我第二次看的時候，覺得是比較輕薄，把它換了下來，我們再往底下選了幾位之後再討論。

徐國能：如果一票沒有特別要推薦的，那就從 2 票的裡面選。

徐國能：13 我原本想選，但是最後那句，寫詩還要加註解？

洪淑珍：我覺得他最後那句有點怪。

徐國能：他不加註解我也大概知道他是什麼意思，何必去加一個註解呢？

洪淑珍：而且他那個「肥」字好像押得不夠穩當。

徐國能：六首獲得二票的作品進行第二輪評分，最好的作品給 6 分，最後的作品給 1 分，統計後再做討論。

（進行第二輪評分）經列席人員統計：

13 號（智慧型手機）吳雁門 4 分、洪淑珍 5 分、徐國能 1 分，共 10 分。

15 號（詠鍵盤）吳雁門 5 分、洪淑珍 3 分、徐國能 4 分，共 12 分。

19 號（鍵盤）吳雁門 6 分、洪淑珍 6 分、徐國能 3 分，共 15 分。

20 號（相機）吳雁門 1 分、洪淑珍 2 分、徐國能 6 分，共 9 分。

38 號（耳機）吳雁門 2 分、洪淑珍 4 分、徐國能 5 分，共 11 分。

41 號（手機）吳雁門 3 分、洪淑珍 1 分、徐國能 2 分，共 6 分。

徐國能：我想佳作第一名沒有問題，19 號這篇很好。

吳雁門：19 號這篇我把他拉到很前面來。

徐國能：兩個詠鍵盤的，他寫得的確比較好，跟我選的那篇比他的確較好，所以我也把他打得比較前面高。

吳雁門：全篇不在鍵盤一物，而在人生感悟，大用無用，那個空白鍵。

洪淑珍：那一句話非常有那個老莊的思想。

吳雁門：所以它好像很實際再說鍵盤，實際上他很高蹈，他說的不是一般的鍵盤與人，而是人間，也就是他有那個虛實整合的功力。

徐國能：另一首詠鍵盤「且看何人世務忙」我覺得寫的也很好，15 號那篇，也是詠鍵盤，他講形狀像圖章，「紛紛擊節」打字有節奏感，然後又跟筆來作對照，最後覺得「且看何人世務忙」我覺得這也滿有味道的。

吳雁門：那首狀形象，這個鍵盤我很喜歡「擊節」兩個字用在這個地方，打字的時候的音節跟讚嘆這樣的現代事物到很傳神，那

第三句我倒看到這是我個人想，跟所謂的筆電，毛筆跟筆電，我倒有些聯想，但不見得是作者的意思，這新舊事物的連結，要注意想像力，但是我看到第四句，在絕句我會特別留意那個轉折，「且看」是比較平趣，比較平緩，並沒有起一個新的東西，但我很欣賞這篇。

洪淑珍：我也是覺得這最後一句我比較迷惑一點，有點結得不夠有力道。

徐國能：再來應該是 38 號的那個耳機，耳機那個我覺得比較他前面寫得還好，他最後一句寫得很好，「人間一線杜喧嘩」，耳機只有一條線，但可以把那個聲音都做出來，這個是「杜喧嘩」，這個是只聽到那個音樂旋律，這個是它很有趣的地方。

吳雁門：在七言的只有四句當中，很多人會說它的每一個詞都很珍貴，它的起跟承的「時而」、「或似」，這個部分是比較虛一點的，那當然意是通的，如果不是這樣詞，那整個作品應該就不一樣了。

徐國能：它這兩個可以再鍊一鍊，「時而」和「或似」如果能鍊到更貼，體悟更新鮮一點，一定是更好的。

洪淑珍：就是它意思有點重複了，滿可惜的，不過它後面倒是很不錯的，杜絕人世間的喧嘩。

吳雁門：那個「共君藏寂寞」的那個「藏」字用得很好。

徐國能：再來 10 分的是 13 號的智慧手機，我剛講的那個「從此上林鴻雁肥」這是我覺得滿妙的。

吳雁門：我們都共同看到第四句有些狀況，但這首的第一句和第二句它巨觀和微觀的切入點這樣把手機的功能，善寫手機的功能，前兩句就把手機的功能都道盡，那第三句我是說轉句看起來是很俗氣，其實它也算很雅，能夠用手機鈴響驚破紅塵夢，鈴聲能夠得到這樣的雅解，這樣的一個解釋，那最後的問題一樣是第四句。

徐國能：思緒太多了，硬要把它一次鎔鑄在裡面不太容易，不太自然。

吳雁門：所以我說另得一解。

洪淑珍：我覺得 13 號他有這個宏觀和細微的都觀察到，「一聲驚破紅塵夢」是說它手機鈴響了，不過後面那個「肥」字壓得不夠穩。

徐國能：它如果和那個 9 分的 20 號相比大家覺得呢？需要幫它調整名次嗎？還是就照我們的名次排？「風情豈是圖能盡，曾幾光圈似爾瞳。爭耐凌波人去久，笑顏僅止快門中。」

吳雁門：這首當然是在最後一句比較言盡、意盡，那也看看。

徐國能：我覺得這幾篇都差不多，沒有誰比誰更好一點。

洪淑珍：我是覺得他那個「凌波人去久」他那個凌波指的，好像那個凌波美女只有在笑，快門都留住，好像以後都沒了，人好像留著照片好像不是只有這個意義而已。

吳雁門：剛剛的那首最後一句，雖然我們也是有點意見，那我把它那個另有別解，比較雅致一點，巧思。

徐國能：我覺得前五名照那個分數是很合理的，只是現在第 41 號要不要讓它得佳作？因為現在佳作五篇都已經選出來了，大家給他的分數也都不高。「時分夢醒又三更，日月思君春草生」，我不太看得懂這句為什麼要「思君春草生」，「一指靈犀如晤面，可憐輕薄最多情」我覺得他最後一句寫得很好，因為現在手機都要很輕很薄，他就把它轉化那個意思。

洪淑珍：可是它那個第二句我看不懂是在講什麼，為什麼要日月？

徐國能：想到草都生長出來還見不到面，早也想晚也想，所以是他前兩句鋪墊的不太好。你們覺得要不要讓它得獎？

吳雁門：春草生這邊綠的部分有沒有要幫他做解釋？日月思君，平仄平。

徐國能：可能就是早上也想晚上也想，想的年復一年，都只能用想的，那電話一撥就可以見到對方。

吳雁門：因為我看到那個「春」的應該要仄聲字。

徐國能：那個沒關係，第五字拗。

洪淑珍：前面兩句好像有點多出來，這樣一句就夠了。

徐國能：他要去營造那個意境其實就夠了，那還是這首就放棄了，按照主辦單位原先的規劃，就是九篇。

吳雁門：贊同。

洪淑珍：贊同。

依照決審會議決議，得獎名單排列如下：

首獎　　010　　Alphago

優選　　009　　VR 觀星

優選　　026　　3C 電子產品 (監視器)

優選　　016　　詠智慧型手機即時通訊

佳作　　019　　鍵盤

佳作　　015　　詠鍵盤

佳作　　038　　耳機

佳作　　013　　智慧型手機

佳作　　020　　相機

2019 天籟詩獎

頒獎典禮
2019 年 11 月 23 日
台北巴赫廳

社會組

題目：以「臺灣街景」為範圍，題目自訂。

體裁：七律、五律、七絕、五絕各一首，限平聲韻目（以平水韻為準）。

初審：林宏達先生（實踐大學應用中文系助理教授）

　　　林志賢先生（網路古典詩詞雅集版主、臺北市天籟吟社社員）

　　　張柏恩先生（澳門培正中學國文教師）

複審：徐國能先生（國立臺灣師範大學國文系教授）

　　　普義南先生（淡江大學中文系助理教授）

　　　鄭景升先生（第一屆天籟詩獎社會組首獎）

決審：文幸福先生（國立臺灣師範大學國文系退休教授）

　　　曾人口先生（高雄市詩人協會理事長）

　　　顏崑陽先生（輔仁大學中文系講座教授）

首獎
大稻埕街景四首　　　　　　　　　　　林勇志

文萌樓

　　藝妲悲歡傳此樓，稻埕風月忍回眸；

　　浮雲易散煙花冷，落日難留歌舞休。

　　杯酒淺斟千滴淚，蛾眉細畫一生愁；

　　解憐莫笑娼家女，女子從來少自由。

大稻埕戲苑

　　榮景逐風輕，金銷餘稻埕；

　　興衰塵裡事，苦樂曲中情。

　　且喜登臺笑，何堪落幕驚；

　　浮生莊子蝶，戲夢悵難名。

江山樓舊址

　　巍峨樓閣散香塵，舊址迷離看不真；

　　多少風流今泯滅，可憐丰采為誰春。

李臨秋大師故居

　　故宅夕陽紅，登臨憶李公；

　　情絲綢月夜，猶唱望春風。

優選
鹿港老街等四首　　　　　　　　　　　　　林文龍

鹿港老街

> 鹿津銷歇半湮埋。不見天猶說舊街。
> 九曲腸迴金盛巷。百年心繫玉珍齋。
> 岸餘蠔圃存生計。鐘逸龍山印客鞋。
> 斷盡帆檣泉廈遠。海雲紅處觸吟懷。

馬公老街

> 蕞爾西瀛境。街衢未渺茫。
> 甘泉通四孔。文石列諸商。
> 岸拍鯤洋水。居殘蠣殼牆。
> 崇祠瞻覽罷。功罪話施琅。

淡水老街

> 西荷據地憶爭雄。舊堡長街杖履中。
> 最愛夕陽斜一抹。觀音山色襯霞紅。

大稻埕老街

> 城隍霞海著。廛肆稻埕存。
> 茉莉茶香在。承傳幾子孫。

優選
臺東伯朗大道等四首　　　　　　　　　　　　康凱淋

臺東伯朗大道

> 遠岫參橫積翠來，晴光夾道送君回。
>
> 風垂平野攜丘壑，日舞疏林煥石台。
>
> 玉樹題屏妝紫陌，晚煙撲面點蒼苔。
>
> 天空地迥雲成葉，留待長虹釀作醅。

淡水漁人碼頭

> 乘興歸滬尾，北渚望青岑。
>
> 置酒披巾渡，登舟伴客吟。
>
> 水天融作鏡，雲樹繞為簪。
>
> 休戀征人淚，臨窗獨抱琴。

八斗子車站

> 深澳聯輿通曲徑，長橋影上九衢游。
>
> 樽前擊壤塵寰外，付與青山一片秋。

元夕夜訪平溪老街

> 燈焰飛庭戶，凌雲照古今。
>
> 玉盤三五夜，偃蹇候蟲吟。

佳作
台北橋車瀑等四首   黃福田

台北橋車瀑

車潮何壯闊，聲急萬奔牛。

疑是天河水，人間作瀑流。

陽明山平菁街賞櫻留宿

再訪陽明二月晴，山街放盡粉紅櫻。

逐香郭外貪花好，著露枝頭對眼明。

芳草綠林增翠色，遊人彩蝶共春情。

今朝為了尋詩債，借榻勾留踏月行。

高雄青年路觀日有詩

落日懸街燦若金，西東一色貫樓林。

此時奇景堪吟望，歸去新詞喜滿襟。

台東伯朗大道金城武樹下

百年孤寂路，一夕識真顏。

老樹臨渠坐，清風伴客閒。

稻香千里外，雲淡半峰間。

郁郁青如見，依依不欲還。

註：伯朗大道茄冬樹因金城武拍廣告，一夕成名。

佳作
檳榔西施　　　　　　　　　　　　　　　林綉珠

其一

佇候衢旁細抹妝，凝情垂首裹檳榔；

翠丸頻剖銀刀利，玉指時沾荖葉香。

笑綻霓燈迎客至，愁懷身世感心傷；

幾多虛待春宵晚，夢裡何曾遇楚王。

其二

薄衣焉得蔽全身，艷著街頭一縷春；

可嘆濃妝脂粉後，強顏陪笑為何人。

其三

教人顧盼遲，有女喚西施；

淚滴檳榔日，魚沉菡萏時。

春風原不惜，顏色亦難持；

紗浣秋江冷，年衰誰更知。

其四

君愛訪花間，檳榔爛嚼閒；

由來亡國物，不可怨紅顏。

佳作
北市行道樹四詠   李彥瑩

仁愛路賞菩提樹

香華十里市衢栽，露電人車送往來。

心葉新如明鏡潔，何憂世道惹塵埃[1]。

港墘路觀大花紫薇

芳情何處尋，喧市出佳林。

瓣彩呈嫣紫，蕊光含燦金。

輕搖渾似畫，巧串自成吟。

非附齊侯好[2]，惟求悅眾心。

忠誠路覽台灣欒樹

駢列通衢態益清，英華灼灼犯霜生。

鋪金且送羲輪往，染茜將迎洛女行[3]。

風盡縈香留蝶夢，雨餘分韻潤詩情。

相逢不計何來去，一地流霞為爾傾[4]。

北投石牌站看阿勃勒黃金雨

綠蔭襯樓雄，芳蕤耀碧空。

何尋金粉夢，花雨正濛濛。

註：

1. 菩提樹的葉子呈心形。

2. 引用齊侯好服紫典故。

3. 台灣欒樹花朵呈金黃色，花落後果實呈暗紅色。

4. 台灣欒樹落下滿地金黃花瓣。

佳作
臺灣街景四首   龔必強

其一　臺北街頭即景

臺北街衢不盡長，晨昏雜沓沸聲揚；

方疑過客如江鯽，忽覺騎樓似畫廊。

滾滾人龍行走急，營營車陣往來忙；

參天華廈連綿起，市況欣欣甲一方。

其二　基隆廟口夜市

攤位沿街設，迴環奠濟宮；

佳餚擒舌底，名產印心中。

小吃迷饕客，微醺樂醉翁；

喧囂疑不夜，鷇港雨猶濛。

其三　臺灣第一街——安平老街

百載商家次第排，延平古蹟動人懷；

劍獅老厝新風貌，不愧開臺第一街。

其四　深坑老街

古道紅磚屋，沿街豆腐香；

淮南傳美味，此地獨名揚。

佳作

臺北四吟　　　　　　　　　　　　　　　陳靖元

淡水漁人碼頭夜遊

> 夏夜清幽對月開，尤憐水岸樂徘徊；
>
> 波搖萬頃琉璃碎，燈錯千般錦繡瑰。
>
> 潮逐繁華空起落，岑招隱逸獨來回；
>
> 試看今古滔滔處，且把餘情付酒杯。

深坑老街豆腐

> 深坑古法傳，水碧豆尤鮮；
>
> 灶上應頻煉，磨中須細研。
>
> 乳凝江練靜，玉耀雪膚妍；
>
> 愛此淮王術，時嘗自得仙。

鶯歌老街瓷器

> 淡似微雲濃勝妝，鶯歌瓷器彩琳瑯；
>
> 取之鄉土懷深意，浴火千焚出鳳凰。

三峽老街街樓

> 三峽老街樓，華胥一縷幽；
>
> 徐娘餘態在，誰與話風流。

佳作

大溪老街等四首　　　　　　　　　　　　　曾景釗

大溪老街

行吟詩興湧，巴洛克幽情。
奕世滄桑過，長昭甲第榮。

延平老街

不與新潮沾上邊，安平有韻盡纏綿。
洋樓古厝紅磚屋，獨領風騷一片天。

迪化老街

迪化古今衢，貨供南北俱。
稻埕多進士，霞海澤貞儒。
朝代風雲幻，潮流日夜殊。
虛懷仍矗立，感觸筆難圖。

旗山老街

夙昔豪華巴洛軒，歐風曾許煥郊原。
荒蕪洪厝幽禽語，斑駁莊家醉墨痕。
茶室笙歌頻入夢，酒樓煙月欲銷魂。
迴廊歷歷興衰悵，一曲蕉謠噪夕昏。

佳作

雨港街景等四首　　　　　　　　　　　　　　邱天來

雨港街景

天然良港立高標，基地昌隆富庶饒。

古蹟砲臺痕有跡，詩風環鏡筆爭描。

杙峰聳翠中流砥，廟口嚐鮮好味招。

八景由來看未足，海堤廊帶可逍遙。

白河蓮塘

十里香浮動，風光訝若耶。

魚窺垂釣客，歌憶採菱娃。

荷淨饒清韻，池幽燦暮霞。

水鄉當六月，勝賞最堪誇。

十分寮火車站

北迴支線路蜿蜒，街軌相鄰處處妍。

莫怪平溪多景點，十分驚豔本全天。

基隆正濱漁漁彩色漁鄉

漁困翻新貌，門庭換彩妝。

可真窮則變，不必冒風霜。

佳作
基隆站前街景等四首　　　　　　　　　　　　　　周　絹

基隆站前街景

環山面海勢宏開，岸湧清波客競來。

入眼遊輪迎盛世，盪胸丘壑展雄才。

浪花捲影浮青黛，基嶼舒雲聳翠臺。

鷹舞鳶飛無限意，涼風微度樂徘徊。

鹿港老街巡禮

陶然煦煦風，漫步醉其中。

百丈天街美，八郊商賈隆。

文祠興雅韻，武廟繼儒衷。

雲湧能擎柱，鹿江榮顯公。

烏來老街訪勝

一曲多情泰雅嬌，秋山古道足逍遙。

我來恰似徐霞客，騰霧風煙過吊橋。

歸鄉步東山老街

陌巷幾經霜，秋來憶故鄉。

山街依舊在，更有鴨頭香。

佳作

台灣街景四題　　　　　　　　　　　　　吳忠勇

顏思齊登臺紀念碑矗立北港圓環多年，其傳說紛紜事亦雄奇，
四百年來遺部猶感念之，爰記其梗概。

汾津營十寨，徽績拓三臺，

都統衣冠杳，猶攜酒餅來。

鹽水街開發甚早，港畔之聚波亭文人時相競詠，然倒風內海淤
塞後，徒留月津港遺跡，祇今元夜花燈及蜂炮仍享譽全台。

聚波漁火盛，雅士競清吟，

詩詠橋南月，魚驚水上禽。

渡津如畫境，蜂炮竄寒陰，

斑駁門牆裡，凋零感不禁。

朴子舊稱朴仔腳街，御賜燈花與配天宮不動媽祖膾炙人口，漫
遊日治鐵道及神社遺跡和梅嶺美術館，令人發思古之幽情。

樸樹瑤宮藏鼎沸，鳥居驛站映斜暉，

燈花又憶覃恩重，梅嶺春風滿翠微。

佳里街之小雅園毗鄰金唐殿及新生醫院，昔為青風會聚集處，吳新榮在此寫下《亡妻記》，遊斯地有感於斯人斯事，賦以記之。

二水縈紆佳里興，緜延車馬曉喧騰，

香繚金殿詩旌渺，碑勒神庥高屐憑。

日記魂銷懷主饋，名山業著詡延陵，

宏文求莫依稀在，誰識青風伴月生。

註：「宏文求莫」木匾字跡差可辨識，乃康熙時（1698年）林可棟所獻。

佳作

臺灣大道街景一瞥等四首　　　　　　　　　　　陳耀安

臺灣大道街景一瞥

臺灣大道達梧棲，寬闊迢遙接海隄。

路側教堂頻寄望，山旁碉堡感淒迷。

商工廣廈雲天近，科技高樓日月低。

藝術街坊饒特色，市區開發已朝西。

豐原行腳

蘆墩遺址在，街景入毫端。

慈濟宮高聳，城隍廟壯觀。

肉丸魚膾擔，腓骨雪糕攤。

曲巷通行道，人潮湧似瀾。

逢甲夜市景象

西屯逢甲路商圈，夜市繁榮數里延。

美食超多饕客攤，摩登衣飾也齊全。

鹿港書法大道巡禮

鹿港中山路，招牌筆法殊。

書家皆在地，草隸楷行俱。

社會組總評一

文幸福

　　本次徵稿以「台灣街景」為範圍自訂題目，故未就「徵稿題意」發揮者，一律不予錄取。茲就最後決審十三篇略作評述：其中有專就一地街景言者，如〈大稻埕街景〉四首，有就某一特殊街景言者，如〈檳榔西施〉、〈行道樹〉等是。其他類多就台灣具特色之四地街景獨立詠述。入選作品中固不乏結構嚴整者，如〈大稻埕街景〉四首，文字雅馴，且具人事滄桑之感，筆力老成。〈北市行道樹〉四詠，最富想像，虛實並陳，用典嫻熟。其他各篇亦多有佳句，然未能貫串全篇，顧此失彼者，亦多有之，茲不詳述。至於技巧之運用，亦多有疏忽者，如〈鹿港老街〉等四首，兩首律詩之出句末字，即稍欠檢點，七律之「巷、計、遠」同屬去聲，五律之「境、孔、水」則同屬上聲。吾輩作詩雖不必如老杜「平上去入」四聲兼備，然亦應有所變化，否則即犯下如王力之所謂「上尾」。又如〈台北四吟〉，其中七律含、腹二聯首二字作「波搖」、「燈錯」、「潮逐」、「岑招」，亦乏變化，此詩雖有佳句：「試看今古滔滔處，且把餘情付酒杯。」亦難以振起。甚者如〈臺灣大道街景一瞥〉等四首之五律，其每句首二字：「蘆墩」、「街景」、「慈濟宮」、「城隍廟」、「肉丸」、「腓骨」、「曲巷」、「人潮」，皆用「專詞」起句，尤須注意鍛鍊。

社會組總評二

曾人口

　　二〇一九天籟詩獎，古典詩創作社會組決審，共入圍二十七件作品，後經決審委員每人選出十三件優秀作品，結果二十件作品入圍，得三票有七件，二票五件，一票八件。主辦單位敍獎是要首獎一名，優選二名，佳作十名共十三件。但得三票及二票之作品只十二件，因此在會議中先自得一票八件作品進行討論評比出一件作品，連同得三、二票之作品共十三件逐一進行討論。會議中普遍認為較出色之作品並不只寫街景，而是從詩：「賦、比、興」的觸角去發揮。因此三位評審就十三件作品，逐一發表了個人的觀點、看法後，每人再就十三件作品，依自己的判斷分出優劣，排出名次，然後將三位的名次表合點計出得獎的名次。自古以來文學作品的看法，仁者見仁，智者見智；但這種計分法是最公正，且最能服眾的方式，只是對某些特殊的作品卻不一定公平。

社會組決審會議紀錄

會議時間：二〇一九年十一月十二日（星期二）下午三時

會議地點：三千教育中心（臺北市民權西路 53 號 12 樓）

評審委員（依姓氏筆畫序）：

　　文幸福（國立臺灣師範大學國文系退休教授）

　　曾人口（高雄市詩人協會理事長）

　　顏崑陽（輔仁大學中文系講座教授）

列席（依姓氏筆畫序）：

　　姚啟甲（臺北市天籟吟社名譽理事長）

　　楊維仁（臺北市天籟吟社理事長）

紀錄：

　　張富鈞（臺北市天籟吟社總幹事）

　　會議先由主辦單位報告「2019 天籟詩獎」之參賽情形。本屆徵詩題目為：「以『台灣街景』為範圍，創作七言律詩、五言律詩、七言絕句、五言絕句各一首，題目自訂，不必聯章。」共收到八十七件作品，經初審委員林志賢、林宏達、張柏恩評選，共計五十五件進入複審。再經複審委員徐國能、鄭景升、普義南評選，共計二十七件進入決審。經三位決審老師各選十三件，共產生二十份入圍作品，預計於今天選出首獎一位，優選二位，佳作十位，得依評審會議決議從缺或增額錄取。

　　會議中公推曾人口老師擔任會議主席。

曾人口：依照主辦單位的要求，本次詩獎需選出十三份作品。我們已
　　　　先勾選出了二十份作品，其中二票以上的一共有十二份作品，
　　　　是否我們先就一票的作品討論是否要保留至第二輪，然後再
　　　　就二票以上的作品討論優劣，最後再來評分決定名次。

文幸福：可以。

顏崑陽：可以。

○○一〈鹿港老街等四首〉：三票（文幸福、曾人口、顏崑陽）

○○四〈檳榔西施〉：二票（文幸福、顏崑陽）

○○五〈巡遊鹿港街等四首〉：一票（曾人口）

○○七〈臺北四吟〉：三票（文幸福、曾人口、顏崑陽）

○○九〈大溪老街等四首〉：二票（文幸福、曾人口）

○一五〈大稻埕街景四首〉：三票（文幸福、曾人口、顏崑陽）

○一六〈台灣街景四題〉：二票（文幸福、曾人口）

○一七〈台灣街景〉：一票（文幸福）

○二二〈台北橋車瀑等四首〉：三票（文幸福、曾人口、顏崑陽）

○二八〈北市行道樹四詠〉：三票（文幸福、曾人口、顏崑陽）

○二九〈垃圾車等四首〉：一票（曾人口）

○三八〈鹽水元宵夜等四首〉：一票（文幸福）

○四三〈臺灣街景四首〉：三票（文幸福、曾人口、顏崑陽）

○四九〈佛光山新店禪淨中心等四首〉：一票（顏崑陽）

○五○〈基隆站前街景等四首〉：一票（顏崑陽）

○五三〈臺北憶舊四首〉：一票（顏崑陽）

〇五七〈臺東伯朗大道等四首〉：三票（文幸福、曾人口、顏崑陽）

〇六〇〈滬尾觀花偶感〉：一票（顏崑陽）

〇六八〈雨港街景等四首〉：二票（文幸福、曾人口）

〇八六〈臺灣大道街景一瞥等四首〉：二票（曾人口、顏崑陽）

【一票作品討論】

〇〇五〈巡遊鹿港街等四首〉

曾人口：這篇我不堅持，可以放棄爭取。

〇一七〈台灣街景〉

文幸福：這篇文字還算清雅，不過還是有些問題，像第一首第七句「遊
　　　　人繹絡榮街景」，為什麼是「繹絡」？另外像第二首第一句
　　　　「兩船驅動共爭榮」，「兩船驅動」也不知道是什麼意思？
　　　　所以我不堅持要納入第二輪討。

顏崑陽：他裡面有些句子都是湊韻，為了押韻而勉強併湊，不妥貼。

〇二九〈垃圾車等四首〉

曾人口：這篇我想可以放棄，不堅持保留到第二輪。

〇三八〈鹽水元宵夜等四首〉

文幸福：這篇作品文字有些敘述得不清楚，所以我不堅持保留。

〇四九〈佛光山新店禪淨中心等四首〉

顏崑陽：這篇作品我可以放棄，不為他爭取。

○五○〈基隆站前街景等四首〉

顏崑陽：這一首其實也有點離題，因為他比較接近寫一個觀光景點而
　　　　不是整條街，看兩位老師想法如何。

文幸福：這篇作品我倒是蠻喜歡的，不過當然裡面有一些問題，像第
　　　　一首第六句「基嶼舒雲聳翠臺」，基隆嶼可不可以縮成「基
　　　　嶼」？另外像第七句「鷹舞鳶飛」，老鷹用舞這個字形容似
　　　　乎不合適。另外像第二首末句「鹿江榮顯公」，是「榮顯公」
　　　　還是「顯公」？這位又是誰？詩裡面並沒有寫清楚，所以當
　　　　初我有點考慮是否要勾選這篇，但我覺得可以保留。

曾人口：我想榮顯公應該是講辜顯榮，他是鹿港人，當初開臺北城迎
　　　　日本人的代表。

顏崑陽：這大概是為了平仄而倒過來，不然「顯榮」就出律了。我想
　　　　所有作品多少都有一點瑕疵，我們就是看那個小瑕疵會不會
　　　　影響到整體，如果不會，那就可以先暫不討論。

曾人口：那這篇作品就保留到第二輪討論了。

○五三〈臺北憶舊四首〉

顏崑陽：這篇我可以放棄。

○六○〈滬尾觀花偶感〉

顏崑陽：這篇就詩本身來說，寫得不錯，可看出作詩的功力。韻味很足，

也比較雅,但卻不切題。本次徵詩是以「台灣街景」為題,作品卻寫「觀花」,這就離題了。不過,這一組作品寫得很好,所以我想請問另外兩位老師的意見,是否要保留?

文幸福:因為他不切題,如果選進去可能會造成爭議。如果貼近一點還可以有討論空間,但他題目就說是「觀花」,這樣子不太恰當。

顏崑陽:那我就不堅持了。

【二票作品討論】

○○四〈檳榔西施〉

曾人口:這組作品我沒有選,以我個人的看法,作者把檳榔西施寫成了風塵女郎。像是「幾多虛待春宵晚」、「強顏陪笑為何人」,都有點太偏向風塵味,其實檳榔西施沒有那麼嚴重。

顏崑陽:我覺得這組作品寫得很好。古典詩是老舊的文學形式,常常被人批評它究竟能不能表達現代人的經驗。所以「檳榔西施」這樣現代的題材,正可以證明古典詩是可以寫出現代經驗;但是現代題材又要能用古典的意象去描寫,這就考驗作者的功力。明顯的,作者是有這等功力,像「翠丸頻剖銀刀利,玉指時沾荖葉香」,修辭清雅,描寫動作很細膩傳神。加上作者不僅描述外表的形象,還能去想像、感覺檳榔西施這個職業的辛酸,像「強顏陪笑為何人」,這不是酒家女的陪笑,而是對所有客人都必須帶著笑容,即使客人趁機調戲她、吃她豆腐,她也必須笑顏以對。所以我覺得這篇作品很切題,

觀察入微。另外像第四首結尾「由來亡國物，不可怨紅顏」，明明就是男人好色，卻怪女人害他們出事。亡國的是夫差，西施何曾亡掉吳國？這就諷諭之意了。我認為作者觀察街景，抓到臺灣城市街道旁，很現代、很有特色的市井文化現象，是很好的一篇作品。

文幸福：我也覺得這組作品不錯，有抓到屬於臺灣街道上的風景，文字也算流暢。不過有些句子有些過於強烈，像檳榔西施與亡國我想沒有什麼關聯。

顏崑陽：這就是借題發揮，從西施聯想到吳國，借此諷諭社會上的事情。

文幸福：那就有點太虛泛了。另外他有些湊韻，像第三首「淚滴檳榔日，魚沉菡萏時」，菡萏其實與檳榔無關，像是為了與檳榔對仗而湊上去的。

○○九〈大溪老街等四首〉

曾人口：這組作品我有選，但有個地方我不太清楚，第三首〈迪化老街〉頷聯「稻埕多進士，霞海澤貞儒」是指什麼？

文幸福：霞海應該是說霞海城隍廟。

曾人口：詩裡說「多進士」，所以這裡出過很多進士嗎？這就有點不寫實了。

顏崑陽：如果他說「多俊士」就沒問題，因為進士是科舉功名，是實在的名稱。這組作品平心而論，其實不佳；整體讀起來太過

硬澀，不夠清新流暢。有些地方語意不透，像剛剛曾先生說的「稻埕多進士，霞海澤貞儒」，霞海是霞海城隍廟，城隍怎麼澤貞儒？還有像第七句的「虛懷仍矗立」，甚麼東西虛懷仍矗立？都不太通透。另外五言絕句只有二十個字，要能寫到含蓄委婉、頗有餘味，才算好作品。第一首〈大溪老街〉的「行吟詩興湧」、「巴洛克幽情」就太過直白了。第三句「奕世」其實就是世世代代，直接說「累世」、「世代」就好，不必在二十個字中用上這麼晦澀的詞。

文幸福：這組作品中二首律詩的對句還算工整平穩，當然毛病也不少。像剛剛顏教授說的「巴洛克幽情」句法其實也不佳。另外像「虛懷仍矗立」是說什麼呢？其實我們從詩中看不出來，我還以為是不是有個什麼虛懷碑立在大稻埕。整體而言，我認為選入佳作是可以的，但名次可能就不是那麼的高。

〇一六〈台灣街景四題〉

曾人口：這組作品內容不錯，但題目實在太長，其實用小序來說明就好，把他當成題目太過累贅。建議作者可以重新擬題，把原來的題目當成序。

顏崑陽：我也贊成題目可以簡要一點，因為作者寫到古蹟，其中涵有歷史典故，所以可以加個小序來說明。像第一首是五言絕句，結果題目比內文長，實在沒有必要。詩作的內容也並不是那麼貼切到自己的題目，用典也不是很恰當，例如第四首頸聯「日記魂銷懷主饋，名山業著詡延陵」，主饋是用了「婦主中饋」的典故，扣到題目中說吳新榮寫《亡妻記》的事；但「延

陵」是延陵季子，跟吳新榮有什麼相關？這就空泛了。

文幸福：整體來說這組作品的筆力是不錯的，像第二首頷聯「詩詠橋南月，魚驚水上禽」就很有份量。但裡面有一些用字有些問題，像剛剛顏教授說的「名山業著詡延陵」，詡字用得就不恰當。另外像第一首末句「都統衣冠杳，猶攜酒餅來」，因為我不了解這段歷史，為什麼要「猶攜酒餅來」？如果要作註解，反而應該要把這個地方交代清楚。另外第四首頷聯「香繚金殿詩旌渺，碑勒神庥高屐憑」，「金殿」怎麼對「神庥」？「神庥」是神明護佑、庇佑，把庥當名詞去對殿我覺得不適合。

顏崑陽：像「高屐憑」也是湊韻，沒有著落。另外例如第一首是五言絕句，四句都隱涵一些歷史事件，像「汾津」、「都統」、「攜酒餅」，既然要用這麼長的題目去說，那就應該要把這些事件在題目中點出來，讓讀者能把詩的內文與題目核對，這樣就知道作者在說什麼；然而，這組作品的題目與內文卻沒有配合好，很可惜。

曾人口：另外第四首是押十蒸韻，但末句韻字「生」是八庚韻，屬於孤雁出群，在這邊也作個說明放入會議紀錄中。

○六八〈雨港街景等四首〉

曾人口：我想確認一下，第一首〈雨港街景〉的第四句「詩風環鏡筆爭描」，「環鏡」是否錯字？另外第四首的題目〈基隆正濱漁漁彩色漁鄉〉應該是「正濱漁港」。

文幸福：對，「環鏡」應該是錯字。

顏崑陽：這組作品我沒有勾選，因為通篇太過硬澀，不夠流暢，有些地方語意不透，例如第一首〈雨港街景〉的第二句「基地昌隆富庶饒」，「基隆這個地方」，怎麼能簡化成「基地」呢？基地是一個成詞，這樣會造成誤解。而且頗多句子，用字粗俗。有些句子像「筆爭描」、「中流砥」、「十分驚豔本全天」，不免湊韻。

文幸福：其實他換成「十分驚豔本天全」就通順了。當然這組作品有些問題，像第一首〈雨港街景〉的頸聯「杙峰聳翠中流砥，廟口嚐鮮好味招」，「砥」不能對「招」。但他第二首〈白河蓮塘〉還不錯，所以我還是把他選錄進來。

○八六〈臺灣大道街景一瞥等四首〉

曾人口：這組作品在我的評分中排很後面，像第一首〈臺灣大道街景一瞥〉結句「市區開發已朝西」不清楚是在說什麼。

顏崑陽：這組作品構句還算順暢，不會詰屈聱牙；但是，意思都很淺，例如「商工廣廈雲天近，科技高樓日月低」、「藝術街坊饒特色，市區開發已朝西」、「美食超多饕客擁，摩登衣飾也齊全」，這些句子都太淺俗。

文幸福：有點像是流水帳，例如第二首〈豐原行腳〉「慈濟宮高聳，城隍廟壯觀」、「肉丸魚膾擔，腓骨雪糕攤」都只是把景點臚列至出來而以，也沒運用什麼技巧。

【三票作品討論】

○○一〈鹿港老街等四首〉

曾人口：我覺得這篇作品寫得不錯，看得出作者功力。第一首〈鹿港老街〉第五句「岸餘蠔圃存生計」有點問題，現在鹿港沿岸大部份都是工業區，以養蚵仔維生的已經少之又少了，實在稱不上「存生計」，有點不寫實。如果要把它列入名次，我建議這句改一下，改成「生態」。

文幸福：我是建議不要改，避免產生爭議。

顏崑陽：就像我剛剛所提到的，要挑毛病，幾乎每篇作品都有毛病；但是，我們還是就整體作品來看，這些毛病是不是很嚴重？就像曾先生所說，看得出來作者是老手，不是剛開始學作詩的新人，用字也不淺俗，有些書卷根柢。至於敘事是不是應該都與現場一樣？我想詩還是有其想像虛構性，鹿港過去也的確有養蚵的事實，就算現在沒養了，雖然這是個小瑕疵，但還不至於破壞整組作品的品質。我想這組作品的優點在於很切題，造句平穩，沒有什麼毛病。作詩最怕就是句子不通、用字不恰當，這組作品幾乎沒有這些問題，唯一的缺點就是太多寫實，而缺少虛神；也就是缺少想像，通篇只是鋪陳事實，而缺乏意境，少了讓讀者想像低回的餘味。

文幸福：我覺得這組作品的律詩不錯，絕句略弱，就像顏教授所說少了韻味，個人的感慨不足。另外就是本篇作品律詩的出句，常常都是同一個聲調，例如第一首〈鹿港老街〉的「巷」、「計」都是去聲；第二首〈馬公老街〉的「境」、「孔」、「水」

都是上聲。作詩的時候我認為出句不要都用同一個聲調，有點變化比較有抑揚頓挫的美感。

○○七〈臺北四吟〉

曾人口：這組作品我大概給它中間的分數，像第一首〈淡水漁人碼頭夜遊〉的句子有些不錯，但有些有點跑得太遠，像第四首〈三峽老街街樓〉的末句「徐娘餘態在，誰與話風流」與三峽老街不太相干，有點像剛剛我們在說西施亡國與檳榔一樣，有點太泛太遠了。

顏崑陽：看起來作者應該是老手，整組作品通觀起來很不俗。其中卻有一個小問題，我們徵詩主題是「台灣街景」；然而，像第二首〈深坑老街豆腐〉主角卻是豆腐，從寫景詩變成了詠物詩；第三首〈鶯歌老街瓷器〉也是詠物詩；第四首〈三峽老街街樓〉，雖然是街道上一景，卻又寫得太過虛泛，缺乏比較貼切深刻的描寫，無法與三峽老街有所連結。另外，這次很多作品都寫到淡水漁人碼頭，漁人碼頭算不算街景？它其實只是個特殊造型的觀光景點而不是街道，所以整體作品也不是非常切合主題。但是，就詩作的品質而言，文字平順，遣詞用字雅致，沒有什麼瑕疵；不過，還是偏向實寫而缺少虛神，章法也多偏向平鋪直敘而缺少抑揚頓挫。不過，整體來看，進入佳作，還是可以的。

文幸福：這組作品算是文字平順，相較其他篇也是毛病比較少的。但有些地方還是有點問題，像第一首〈淡水漁人碼頭夜遊〉頷聯「波搖萬頃琉璃碎，燈錯千般錦繡瑰」的「碎」字對「瑰」

字就很突兀；中間兩聯「波搖萬頃／燈錯千般」、「潮逐繁華／岑招隱逸」句法相同，缺少變化；尾聯「試看今古滔滔處，且把餘情付酒杯」寫得非常美，但跟前面六句對不起來，沒有著落。另外像曾先生所說第四首〈三峽老街街樓〉末句「徐娘餘態在，誰與話風流」，既然這裡用徐娘的典故，那麼前面或是題目就必須要點出關聯性或是作者想指出什麼，不然這裡突然出現一個徐娘，讀者不知道你是要說老街的什麼？

顏崑陽：就是太過架空了，反而不真切。

〇一五〈大稻埕街景四首〉

曾人口：這組作品如果細究起來，我認為跟顏教授剛剛所提的問題一樣，他其實不太是寫街景。但造句遣詞上十分老練，而且頗有餘味，一定是位高手所寫的，我心目中給他的分數非常高。

顏崑陽：這邊我有點疑問，因為我評過很多次臺北市文學獎，第一首〈文萌樓〉與第三首〈江山樓舊址〉很眼熟，應該是有參加過臺北市文學獎的作品。我檢查了一下過去的得獎作品集，卻沒有得獎；可能參加過而且進入到決審討論的作品。如果沒有得獎，那就沒有違反主辦單位的辦法，不能禁止他參加。那一年主題應該是以台北市的歷史古蹟為主，所以這組作品四首是以「懷古抒情」為主，像〈江山樓舊址〉，印象中是律詩，這裡改寫成絕句，李臨秋故居當時也有寫進去。所以嚴格來說，這組作品不算是街景的寫法，還是有點不切題。

文幸福：他不是不切題，他很切他本身的小題，只是這個小題與「街景」有一點距離。但我認為這組作品的技巧非常好，不管是遣詞

用字還是章法，都很圓熟。尤其他裡面是有深刻感慨，像第一首〈文萌樓〉尾聯「解憐莫笑娼家女，女子從來少自由」轉結就非常美，諷諭過去封建時代女子的限制與困境。第二首〈大稻埕戲苑〉尾聯「浮生莊子蝶，戲夢悵難名」把莊周夢蝶的典故拆開來用，可是非常自然。

顏崑陽：我也贊同這組作品的品質非常好，當初在臺北市文學獎，我也是極力推薦，可惜後來沒有得獎。

○二二〈台北橋車瀑等四首〉

曾人口：我對他第二首〈陽明山平菁街賞櫻留宿〉有些疑問，第七句「今朝為了尋詩債」，詩債怎麼是用「尋」的？這裡有點不穩。另外整組作品也是偏向某一景點的描寫而不是街景的描寫，不是那麼切題。

文幸福：就如同剛剛曾先生所說，第二首第七句的「詩債」應該是用來還，而不是去尋。另外他的頷、頸二聯「逐香郭外貪花好，著露枝頭對眼明」、「芳草綠林增翠色，遊人彩蝶共春情」幾乎都是在寫同一件事情，有點擺脫不出去。不過他的五律不錯，我蠻欣賞的。

顏崑陽：這組作品寫得不錯，能描寫出現在城市的生活現象，像〈台北橋車瀑〉，這大概是過去古典詩不會去選用的題材，這一點我必須要給予讚賞。古典詩不應該只是寫一些傳統、架空的東西，如何寫出現代感、在地感，是我們走到廿一世紀要去面對的問題。像把台灣很多本地、在地的經驗盡量入詩，我們應該要允許這樣的新意。當然作者的功力必須要夠，才

能寫得好。像這組作品寫車瀑，用「疑是天河水，人間作瀑流」就很傳神。整體而言，這組作品清雅通順，遣詞造句也很流暢，沒有什麼太多的毛病。在這次投稿作品中，我認為是切題又有功力的作品。

○二八〈北市行道樹四詠〉

曾人口：主題是街景，但作者全都是寫行道樹，不知道兩位老師怎麼認為？

顏崑陽：行道樹廣泛來說也算是街景的一部份，因為在街上很容易就看到。他集中焦點在行道樹的描寫，也算是掌握街景的一種特色。不過，他還是有一些瑕疵，例如第一首〈仁愛路賞菩提樹〉第一句「香華十里市衢栽」，香華是佛教的用語，指供養佛的香與花；但菩提樹是隱花果，看不到花蕊，所以這樣的套用不是很恰當。另外第二首〈港墘路觀大花紫薇〉第六句「巧串自成吟」，紫薇成串沒有問題，但為什麼吟呢？這就有點不太通了。

文幸福：這個我認為作者其實是交錯，「巧串渾似畫，輕搖自成吟」，為了符合平仄而調整，古人其實也有這樣的對句。

顏崑陽：另外像第三首〈忠誠路覽台灣欒樹〉，第六句「染茜將迎洛女行」，這與洛女有何關係呢？很明顯是湊出來的。第七句「風盡縈香留蝶夢」也有問題，台灣欒樹是觀花型植物，一開始黃色是花，後來變成赭紅色是結果實，都是在枝頭上，而且是沒有香味的。另外第八句「一地流霞」，又自己加註說是「台灣欒樹落下滿地金黃花瓣」，其實欒樹的花沒有像

阿勃勒那樣黃色花瓣落滿一地，這都有點是空想或描寫太過，不切實。

文幸福：我想洛女就是洛神，可能作者看見暗紅色的果實迎風搖曳，像是穿著茜色衣裳的女子，就聯想到洛神。我認為這組作品算是有詩味，造句遣詞上也有婉轉，不會過於直白。當然切不切題這個是可以討論。

○四三〈臺灣街景四首〉

曾人口：我對這組作品的評語是平順，除了第二首〈基隆廟口夜市〉的頷聯「佳餚擒舌底，名產印心中」有些趣味外，通篇沒有什麼令人驚豔的句子。

文幸福：當然這組作品就是平順，泛泛的描寫，沒有什麼深意或突出的特色。當然平穩也很好，但就不容易引人注目。

顏崑陽：這組作品整體來說就是平順，遣詞造句也還算清雅，不會落入俗氣的窠臼；但是，敘述的手法沒有變化，都是平鋪直敘，缺乏章法或句子上的變化，意思上也僅止於表象上的描述，很少作者深刻的感受或想像，頗難讓人耳目一新。

○五七〈臺東伯朗大道等四首〉

曾人口：這組作品我對他第一首〈臺東伯朗大道〉的第三句「風垂平野攜丘壑」有點意見，這個「垂」字不是很穩。

文幸福：這個大概是學杜甫的「星垂平野闊」。

顏崑陽：我想作者可能是要說台東的過山風，風是翻過山頭往下吹的，
　　　　所以才用「垂」這個詞；但是，那個「攜」字用得不貼切。
　　　　這組作品整體來看，作者應該也是老手，品質不差，頗有情
　　　　味。作品中佳句還不少，例如「天空地迥雲成葉，留待長虹
　　　　釀作醅」、「水天融作鏡，雲樹繞為簪」都很有巧意。雖然
　　　　中間有幾個字用得不是很恰當，例如「晚煙撲面點蒼苔」，
　　　　用「點」去形容「煙」，其實不是很貼切。這組作品最大的
　　　　問題是，這些景點到底算不算街景？像伯朗大道原本是田野
　　　　間的一條小路，兩邊都是田地，沒有建物，不是城市裡的街
　　　　道，現在變成觀光景點，這個我們勉強算他是好了；但像漁
　　　　人碼頭是觀光景點、八斗子車站是車站，不是八斗子的街道，
　　　　就有些爭議了。整體看來，這次的參賽者普遍都犯了這個毛
　　　　病，不太去思考主辦單位徵稿主題是什麼，想寫什麼就寫什
　　　　麼；但比賽都是有主題限定的，作品雖然不錯，卻不切題，
　　　　評分時就會受到影響，這很可惜。

文幸福：就像剛剛顏教授所說，不切題是本屆參賽者普遍的毛病，變
　　　　成是寫景或詠物。當然廣泛來說漁人碼頭、伯朗大道勉強跟
　　　　街可以貼上一點邊，有些就沒有辦法了。就這組作品來說，
　　　　文字算是圓潤流暢，也蘊含一些詩意，像「天空地迥雲成葉，
　　　　留待長虹釀作醅」，還有第四首〈元夕夜訪平溪老街〉「燈
　　　　焰飛庭戶，凌雲照古今。玉盤三五夜，偓僽候蟲吟」就有些
　　　　韻味。但作者第一首的七律有些問題，像剛剛兩位老師說的
　　　　「風垂」、「日舞」、「攜丘壑」都不是很穩當，應該要再
　　　　鍛鍊一下。

【第一次投票】

曾人口：經過剛剛的討論，一共有○○一、○○四、○○七、
　　　　○○九、○一五、○一六、○二二、○二八、○四三、
　　　　○五○、○五七、○六八、○八六共十三件作品進入第二輪，
　　　　依據主辦單位的規定，一共要選出 13 篇作品。那是否我們就
　　　　先請老師針對這 13 件作品給分，最好的給 1 分，最差的給
　　　　13 分，依此類推。我們結算成績後再來討論。

顏崑陽：好。

文幸福：好。

○○一〈鹿港老街等四首〉：8 分（文幸福 3 分、曾人口 1 分、顏崑
陽 4 分）

○○四〈檳榔西施〉：15 分（文幸福 5 分、曾人口 8 分、顏崑陽 2 分）

○○七〈臺北四吟〉：23 分（文幸福 8 分、曾人口 9 分、顏崑陽 6 分）

○○九〈大溪老街等四首〉：28 分（文幸福 9 分、曾人口 7 分、顏崑
陽 12 分）

○一五〈大稻埕街景四首〉：6 分（文幸福 1 分、曾人口 2 分、顏崑
陽 3 分）

○一六〈台灣街景四題〉：32 分（文幸福 11 分、曾人口 11 分、顏崑
陽 10 分）

○二二〈台北橋車瀑等四首〉：14 分（文幸福 10 分、曾人口 3 分、

顏崑陽 1 分）

○二八〈北市行道樹四詠〉：17 分（文幸福 4 分、曾人口 4 分、顏崑陽 9 分）

○四三〈臺灣街景四首〉：19 分（文幸福 6 分、曾人口 5 分、顏崑陽 8 分）

○五○〈基隆站前街景等四首〉：31 分（文幸福 12 分、曾人口 12 分、顏崑陽 7 分）

○五七〈臺東伯朗大道等四首〉：13 分（文幸福 2 分、曾人口 6 分、顏崑陽 5 分）

○六八〈雨港街景等四首〉：30 分（文幸福 7 分、曾人口 10 分、顏崑陽 13 分）

○八六〈臺灣大道街景一瞥等四首〉：37 分（文幸福 13 分、曾人口 13 分、顏崑陽 11 分）

　　經評審再次討論後，決議首獎是○一五〈大稻埕街景四首〉，優選為○○一〈鹿港老街等四首〉、○五七〈臺東伯朗大道等四首〉。佳作名次依序為○二二〈台北橋車瀑等四首〉、○○四〈檳榔西施〉、○二八〈北市行道樹四詠〉、○四三〈臺灣街景四首〉、○○七〈臺北四吟〉、○○九〈大溪老街等四首〉、○六八〈雨港街景等四首〉、○五○〈基隆站前街景等四首〉、○一六〈台灣街景四題〉、○八六〈臺灣大道街景一瞥等四首〉。

青年組

題目：以「寵物」為範圍，題目自訂。

體裁：七言絕句一首，限平聲韻目（以平水韻為準）。

初審：林宏達先生（實踐大學應用中文系助理教授）

　　　林志賢先生（網路古典詩詞雅集版主、臺北市天籟吟社社員）

　　　張柏恩先生（澳門培正中學國文教師）

決審：李佩玲女史（台北文學獎古典詩組評審）

　　　張韶祁先生（世新大學中文系助理教授）

　　　張儷美女史（中華詩壇雙月刊總編輯）

首獎
鸚鵡　　　　　　　　　　　　　　　　　　　　蘇思寧

　　昂首金籠彩羽前。聞聲欲語更喧天。

　　持杯笑問能言鳥，識得詩書有幾篇。

優選
鸚鵡　　　　　　　　　　　　　　　　　　　　孫翊宸

　　喙艷珊瑚碧羽新，可憐何故落凡塵；

　　勸君如欲長邀寵，試把巧言欺主人。

優選
養蠶　　　　　　　　　　　　　　　　　　　　吳紘禎

　　莫笑白頭伸屈遲，耆齡眼裡是奇姿。

　　未成滄海桑猶綠，已羨當年不識絲。

佳作
題大白巴丹　　　　　　　　　　　　　　　　　陳坤第

　　翾風拭雪鳳釵頭，解語得時休鷺鷗。

　　一晌觥籌終業事，爭如與子話春秋。

佳作
魚　　　　　　　　　　　　　　　　　　　　　莊岳璘

流萍玉藻結幽廬，成日優繇上善居。

不染囂塵三毒缺，平生恬適好潛虛。

佳作
天之驕者──鸚鵡　　　　　　　　　　　　　曾俊源

翠衿紅嘴性聰明，巧舌如簧百囀聲。

莫作豪門歌舞妓，雕籠脫出盡崢嶸。

佳作
雪獅兒　　　　　　　　　　　　　　　　　　洪晃權

撲來粉掌似風輕，枕上山君任意行。

欲把千言渾訴盡，喵喵學語對凝睛。

佳作
鯉　　　　　　　　　　　　　　　　　　　　賴逸穎

眼目如珠尾似虹，弄潮千尺自雍容。

如今卻失真靈性，擺尾方塘一世庸。

佳作

龜　　　　　　　　　　　　　　　　　　　　詹培凱

緩攀岩上沐春輝，回首清池渾忘機。

縱使客身家屋負，江湖到處是吾歸。

佳作

胡錦鳥　　　　　　　　　　　　　　　　　　劉加妤

玲瓏巧竄遍難尋，彩羽輕裘入掌心。

慧眼通情頻喚主，嬌聲百囀落珠音。

佳作

狸奴　　　　　　　　　　　　　　　　　　　戴憲宗

聊賴梳眉弄虎鬚，輕鉤不覺劃雲膚。

齜牙怒目驚聲斥，樂爾狸皇我作奴。

佳作

蠶・殘　　　　　　　　　　　　　　　　　　黃品瑄

獨行白體畏風寒，便繞千絲聚作團。

不望離魂成彩蝶，只求焚骨化羅紈。

佳作

貓 高守鴻

　　靜為幽水動如風，藏在家門練武功。

　　食有魚兮安我宅，可憐未遇薛文公。

註：孟嘗君本名田文，後來在薛城繼位，又叫薛文，後面加個公是敬稱。

青年組總評

張儷美

　　這次有榮幸擔任 2019 天籟詩獎青年組的評審，整體看來不乏情感真摯、奇趣靈巧之作，也有較為生嫩的作品，很欣喜詩壇後繼有人。我想就本次參賽的作者提出一些建議，除了作品的鍊字鍊句之外，題目本身也很重要。本次徵詩題目是「寵物」，它可能是寫自己養的動物，也有可能是看別人養的動物。但不管是自己養的或是看別人養，那個「寵」字一定要有著落，也就是要寫出主人和寵物之間的情感關係。不然就只是吟詠這個動物，那就離題了。另外有些寫鳥騅、寫養殖場，這都不符合題目規範，還是要多加注意。另外有些作品遣詞用字不佳、沒有詩味，這是閱讀、創作經驗較少的緣故，多讀多寫，假以時日相信都能有所成就。

青年組決審會議紀錄

會議時間：二〇一九年十一月三日（星期日）下午一時

會議地點：天仁喫茶趣復興店（臺北市復興北路 152 號）

評審委員（依姓氏筆畫序）：

　李佩玲（網路古典詩詞雅集前版主、臺北文學獎古典詩組評審）

　張韶祁（世新大學中文系助理教授）

　張儷美（《中華詩壇》雙月刊總編輯）

列席（依姓氏筆畫序）：

　吳宜鴻（臺北市天籟吟社社員）

　張富鈞（臺北市天籟吟社總幹事）

　楊維仁（臺北市天籟吟社理事長）

紀錄：

　張家菀（臺北市天籟吟社理事）

　　會議先由主辦單位報告「2019 天籟詩獎」之參賽情形。本屆徵詩題目為：「以『寵物』為範圍，創作七言絕句一首，題目自訂。」共收到五十八件作品，經初審委員林志賢、林宏達、張柏恩評選，共計三十七件進入決審。經三位決審老師各選十三件，共產生二十一件入圍作品，預計於今天選出首獎一位，優選二位，佳作十位，得依評審會議決議從缺或增額錄取。

　　會議中公推張韶祁老師擔任會議主席，主席先請決審委員就作品的整體品質以及評審標準作一共識性的討論，再進行評選。

張儷美：我想先說說「題目」的問題，當我看到青年組徵詩題目是「寵物」時，直覺認為是寫自己養的動物，後來發覺許多作品只將重點放在動物，沒有考慮「寵」的問題。可是往後我又退一步想，題目範圍給你，不是這有這條路可以走，你可以說有自己養的寵物，或是冷眼旁觀別人養的寵物，後來我才把自己放鬆了，又納入了一些詩，最後再來將這兩類作品並列觀看，看各個作品的造詣、用詞，再來挑選優劣。再來有一些不是寵物的，例如寫養殖場的，這樣就不符合題目規範，那就直接放棄。

李佩玲：我確實也有同感，青年組對於點題、切題方面比較弱一點，不管是內容或是就「寵物」這個題目，像剛剛儷美老師所說，有些作品下題目就離開了要求的主題，那麼內容當然就更是不切題。另外有一些題目表面上看起來是切題，但內容卻跑掉了。其次我覺得絕句就是轉折很重要，轉折可以讓絕句本身的亮眼度跳出來，如果只是平平四句，就會覺得不精彩。所以三、四句轉結很重要，而且轉結必須有一些翻轉，不只是按照前面兩句順著發展出來。可是如果轉太快、跳太遠，就會覺得前後不搭嘎。轉結是很重要的關鍵，一旦轉得好，就會把前面兩句可能本來不是這麼精彩的句子，變成整首詩很好；一旦沒有做好，不是變成平鋪直敘，就是不知道跳到哪裡去，本次投稿的作品中，我覺得轉結漂亮的作品比較少。

張韶祁：因為這次徵詩有五十八件，初選三十七件入圍，就數量上來說算是蠻不錯，可看出詩壇後繼有人的一個訊息。但是入選作品當中，就像剛剛兩位老師說的，主辦單位給了一個題

目範圍,有些作品卻寫得離題,有的則是繞了一個彎,讓閱讀者必須把題境拓寬,才可以理解作者想要說什麼進來。再來就是製題,剛剛有提到有些作品下的題目有缺陷,例如○○七〈閱羅剎國馴豹思古君子有感〉,這個題目跟徵題範圍無關;或者○二五〈蠶・殘〉,這都是製題的缺陷。當然除了題目,平仄方面的問題比較少,入選 37 件裡面有 3 件聲調有問題,顯然在平仄用法及用詞比較不恰當,建議參賽者投稿前可以再斟酌。這幾個部份因為講究客觀,所以通常都是評審的先決條件,請參賽者還是要小心。整體看來,還是有不少參賽者有後續進步空間,有看得出部份參賽者具有一定的功力,未來假以時日應該都可以成大器,希望能持續努力了,以上是我整體看法。

張韶祁:剛剛兩位老師都發表完意見,那我們就開始進行討論。因為青年組的作品較多,我們之前勾選結果也比較分散,是否先就一票的作品討論是否要保留至第二輪,然後再就二票以上的作品討論優劣,最後再來評分決定名次。

張儷美:可以。

李佩玲:好的。

○○一〈天之驕者 - 鸚鵡〉:三票(李佩玲、張韶祁、張儷美)

○○三〈問錦鯉〉:一票(李佩玲)

○○四〈鸚鵡〉:三票(李佩玲、張韶祁、張儷美)

○○五〈鸚鵡〉:三票(李佩玲、張韶祁、張儷美)

○一三〈養蠶〉:三票(李佩玲、張韶祁、張儷美)

〇一四〈龜〉：一票（張韶祁）

〇一七〈鯉〉：二票（李佩玲、張儷美）

〇一九〈紅貴賓〉：一票（李佩玲）

〇二一〈詠雞母蟲並序〉：一票（張韶祁）

〇二三〈魚〉：三票（李佩玲、張韶祁、張儷美）

〇二五〈蠶・殘〉：一票（張儷美）

〇二八〈題大白巴丹〉：三票（李佩玲、張韶祁、張儷美）

〇二九〈觀銀龍魚〉：一票（張儷美）

〇三〇〈雪獅兒〉：三票（李佩玲、張韶祁、張儷美）

〇三一〈籠中八哥〉：一票（李佩玲）

〇三二〈與狸奴觀書〉：一票（張韶祁）

〇三三〈貓〉：二票（張韶祁、張儷美）

〇四〇〈胡錦鳥〉：二票（李佩玲、張儷美）

〇四四〈憶亡籠〉：一票（張韶祁）

〇四五〈見家籠沐日光有感〉：一票（李佩玲）

〇五八〈狸奴〉：二票（張韶祁、張儷美）

【一票作品討論】

〇〇三〈問錦鯉〉

李佩玲：這篇作品我不堅持要保留。

〇一四〈龜〉

張韶祁：這篇只有我投，但我想保留這首。因為我家裡有養兩隻小鳥

龜，所以看到最後兩句「縱使客身家屋負，江湖到處是吾歸」形容很貼切就很有感覺。因為家就在自己身上，所以到處都是歸處，而龜和歸又諧音，所以我蠻喜歡的。而第二句「忘機」用到莊子的典故也很不錯，只可惜首句沒那麼貼切，不然其他句子都還漂亮的。

李佩玲：我當時看到這首倒是沒有想到「吾歸」和「烏龜」諧音，只是覺得「吾歸」字下得不太穩，但是從諧音來說有一個小趣味在，倒是可以通融。

張儷美：我想確認一個問題，第二句「回首清池渾忘機」的「渾」字是有平仄兩用嗎？

張韶祁：這裡的第五字，用平用仄都不影響。

張儷美：本來這首我也有打勾，後來是因為發覺「渾」字有問題才放棄。因為主要是我認為第五字一定要依照平仄，這算是格律上的一點小瑕疵。那如果兩位老師不在意這部份的話，那我也贊成保留這首。

李佩玲：這句既不是下三平，也不是犯孤平，我覺得在這裡第五字用平聲並沒有忌諱。

張韶祁：那這篇我們就先保留。

〇一九〈紅貴賓〉

李佩玲：這篇作品我可以放棄爭取。

○二一〈詠雞母蟲並序〉

張韶祁：這篇我可以放棄。

○二五〈蠶・殘〉

張儷美：這篇是我投的，沒有格律上的錯誤。如果可以，我希望保留
　　　　這首，第一句四個字「獨行白體」不佳，但第二句「千絲成
　　　　團」，結句又說「化羅紈」，說自己不希望離魂化蝶，反而
　　　　希望能成為一面團扇，我認為還算是言之有物，所以看能否
　　　　保留。

張韶祁：這邊想提一個部份，我還沒看過古典詩題目中間還加了一個
　　　　點的，這個在現代詩常有，但古典詩中其實沒有。可以考慮
　　　　題目直接寫「蠶」，後面都可以去掉，這是應該留意的。建
　　　　議之後的作者不管參加哪一場古典詩的競賽，要盡量避免這
　　　　種情況，還是要維持傳統古典詩的一些作法。

張儷美：他可能是要用諧音的一些方式。

張韶祁：可以在作品裡頭表現，但是在題目裡面不宜這麼做。

李佩玲：或者還不如寫一個小序說明，但是在題目上還是建議考慮清
　　　　楚。

張韶祁：那我們這篇也先保留。

○二九〈觀銀龍魚〉

張儷美：這篇也是我投的，想爭取他保留到第二輪。雖然不是以自己

的寵物角度去寫,而以「觀」,也就是看著大家養寵物的角度去寫。當然我們可以討論這寫題的方向是否得宜。但這首我想保它是因為意義深長。第一句「烏眼銀鱗體態柔」這是描物,第二句「囚身缸中自悠游」就點出已經被人當作寵物的事實。後面兩句我就很喜歡,「逍遙只記今朝事,笑忘前塵吐白漚。」你只記得現在眼前的養尊處優,被當成寵物卻仍然自得其樂,卻忘記以前如何瀟灑自由,有點諷刺的意味。

張韶祁:但是它第二句「囚身缸中自悠游」出律。當然它字句不錯,但是有出律的問題,如果基於鼓勵性質選入,建議是放佳作的後面,並且註明有出律問題。

張儷美:一出律就不好選入了,那我放棄這首。

○三一〈籠中八哥〉

李佩玲:這篇作品是我投的,我不堅持。

○三二〈與狸奴觀書〉

張韶祁:這篇我也可以放棄。

○四四〈憶亡籠〉

張韶祁:這篇是我投的,我的筆記上是寫「選而可以棄之」,我就不爭取了。

○四五〈見家寵沐日光有感〉

李佩玲:這篇作品我也不爭取保留。

【二票作品討論】

○一七〈鯉〉

張儷美：我覺得這篇作品寫得蠻好的。

張韶祁：這篇作品是孤雁入群，「虹」字是一東韻，「容」、「庸」
　　　　是二冬韻，當然這並不算是出律。

李佩玲：建議作者可以加個備註。

張儷美：比賽的作品最好不要出現孤雁入群，雖然說第一句可押可不
　　　　押，但既然第二、四句已經押韻了，第一句就不應該押不同
　　　　的韻部。

○三三〈貓〉

李佩玲：這篇作品第二句「藏在家門練武功」太白了，完全沒有味道。
　　　　其他三句還可以，就是「練武功」一句敗。

張韶祁：我覺得這篇作品還不錯是因為用了一個孟嘗君的故事，但就
　　　　是敗在「練武功」三個字太白，很可惜。

○四○〈胡錦鳥〉

李佩玲：我覺得這篇作品很通順，遣詞用字也文雅，比較有詩的味道。

張韶祁：但是有小地方有點問題，第一句的「玲瓏巧竄遍難尋」，在
　　　　籠中的胡錦鳥如何遍難尋？不貼切。但整體來看的確是順。

○五八〈狸奴〉

李佩玲：這篇作品我沒有選，感覺寫得並不好。

張韶祁：這篇作品我和張儷美老師都有選，但我覺得結尾兩句太張狂了。

張儷美：這篇作品前三句不怎麼樣，但是最後一句真的很有趣，是從現代人觀點去寫，雖然寫得沒有很別出心裁的感覺，但是還算是可以的。

李佩玲：但是寫的太白，結尾不夠收斂。

張韶祁：遣辭用句有點俗，應該可以再鍛鍊。

【三票作品討論】

○○一〈天之驕者─鸚鵡〉

李佩玲：我不太理解題目的「鸚鵡」是什麼？

張韶祁：我也不清楚，從內容來看應該也是寫鸚鵡，但就是比較直白一點點，沒有轉折，所以相較於其他寫鸚鵡的作品比起來有一些落差。

張儷美：我覺得鸚鵡這種東西不是老鷹，所以用「崢嶸」兩字感覺不太符合其外型與個性。雖然它第三句「莫作豪門歌舞妓」很好，但「崢嶸」那種雄赳赳氣昂昂和鸚鵡不相襯，所以我給它的分數並不高。

張韶祁：我認為鸚鵡還蠻符合崢嶸形象的，鸚鵡在鳥類裏頭是高端的動物，以色取人是人賦予的觀感，但是就鸚鵡自然的姿態來

說，在食物鏈不是下端，雖然不像老鷹這麼兇猛，但是仍然有雄赳赳氣昂昂的氣勢，所以還算是切合。

張儷美：如果不糾結「崢嶸」兩字，這詩還不錯。

李佩玲：我覺得崢嶸還可以，有的鸚鵡其實很大隻，大約一半人那麼高，有的種類的鸚鵡甚至很兇猛。

○○四〈鸚鵡〉

張儷美：這篇作品，我覺得寫得還算出彩，但作者在人生體悟或感懷的部份處理得不夠好，畢竟是動物，有時需要一點體諒之心。

張韶祁：這次投稿蠻多篇都是鸚鵡，大概是鸚鵡當家。我認為它在轉折的處理上不明顯，因此在我心目中它的名次是略低一些的。

○○五〈鸚鵡〉

張儷美：這篇作品很有趣。第一句點題，代表鸚鵡被關在籠子裡，寫鸚鵡得的寵；第二句寫鸚鵡的性。前兩句好像已經把寵物愛到極點，末兩句卻跳出，用問答方式，你那麼多話，請問你會背幾首詩？但不管你是否聰明，我是愛你不悔。前兩句把鸚鵡嘈雜描寫很傳神，後兩句又翻出新意。可以說天人合一、物我融合，鍊詞遣句很不錯，沒有什麼缺點。

李佩玲：這首不錯是在結語帶有諷味，對於時人習性有諷刺。你那麼多話，請問你肚子裡有幾首詩？但這首第一句的主詞不太穩，是鳥或是鳥主人呢？我一開始讀有點抓不準主詞，但重複看幾次後，才知道是鳥主人看這隻鳥的狀況。結語點出來鸚鵡

有學舌、學言的習性，表面上是寫鸚鵡，內在卻是諷刺很多人都很愛講，話講很多，其實肚子裡面沒幾篇學問，是因為結語這篇才較為出彩。

張韶祁：我蠻認同剛剛兩位老師所說，但我想提出一個小地方，可以留意第二句的更字。「聞聲欲語更喧天」，「欲語」就是想說還沒說，怎麼會有更呢？哪來的聲音呢？所以我覺得這個字不是那麼貼切。

李佩玲：這篇與○○四剛好是同一主題又放在一起，兩個相較之下○○四就顯得吃虧。○○四其實寫得很好，結尾也有諷諭，也有轉折，但因為○○五諷意收斂得更漂亮，就會感覺○○四有些太直白，落於下乘，所以我還是要幫忙講一下話。

○一三〈養蠶〉

張儷美：這一篇作品我覺得很不錯，把「絲」當作相思的「思」，很切題。我覺得通篇的意思蠻好，等到失去了才後悔以前不珍惜。不過遣辭用句比較沒有味道，但是意思清楚，還算蠻感動的，比起有缺點的作品，這首是沒有缺點，如果可以把當年情事講很美，再寫到養蠶，對於自己過去的情感有一些後悔，情感的轉折寫得更濃烈就會更好。

○二三〈魚〉

李佩玲：我對這篇沒有特別留意，有選卻沒有放在很前面，是因為通篇意思上有點重複。譬如「優絲上善居」、「平生恬適好潛虛」，其實這個意思都差不多，轉折稍弱一點。我覺得用字

雖美，很多字也很幽深，但轉結意思稍嫌重複，沒有精采的呈現。

張儷美：我覺得用了上善若水的典故，相較於其他篇作品的平鋪直敘，較有深度。可能作者試帖詩看太多了，跳不開題目的牢籠，沒辦法更推開一層。

張韶祁：這篇用語其實蠻有趣，「流萍玉藻結幽廬」指魚住在這個地方。「成日優緣上善居」，上善若水，用了一個魚的典故。「不染囂塵三毒缺」，三毒指貪嗔癡，魚會貪嗎？會嗔嗎？會癡嗎？從旁觀者角度魚是沒有這個問題的。「平生恬適好潛虛」，潛虛又呼應它居住水的這個地方。「平生恬適」感覺在不是這麼好，但其他用語上我覺得蠻雅的，用了幾的與魚相關的典故在裡頭。

李佩玲：經過韶祁老師說了之後，確實感覺這首有一種收斂的美感，而且很貼切。當然遣詞用字是還蠻雅的。

〇二八〈題大白巴丹〉

李佩玲：這篇作品是我心目中的第一名，主要是喜歡這首的結語，其實這首有幾個字不夠順暢，但結語非常瀟灑豁達。「一晌觥籌終業事，爭如與子話春秋。」與其去爭取一些功名事業、跟人交際應酬的紅塵俗事，還不如和寵物聊一聊，人間事業都可以暫時休止、不需要了，回家逗逗鳥也許更好，有一種瀟灑自得的態度，所以我心目中選它當第一名。前面有一些作品的諷刺是以負面來看待事物，但這首卻用一種正面的想法來轉折，所以很吸引我。

張儷美：本來我也有看到這篇，因為結尾兩句真的很棒，與其爭天下，不如話千秋，古今時事都不過是我們的閒談之語，有一種超然物外的感覺。但是它的第二句用了「休」字，「休」字是犯韻，犯韻是小問題，問題是作者用「鷺鷗」表示無機心，前面又講「解語得時」，又要一鳴驚人又要無機心，兩者比喻有了衝突，為什麼把一個呱呱叫的動作和無機心相比較呢？休字沒有交代清楚。再來就是犯韻，把押韻字寫在這邊，讓人有是否有湊韻的感覺。所以我原本給它的名次在二、三名間，但後來就往下調整。

李佩玲：是，不過犯韻這種事情，有人介意，有人不介意，像我完全不介意犯韻，所以不去看犯韻的問題。

張韶祁：但休字確實用得不恰當。

李佩玲：我在看的時候，沒有把休當作否定，我當作不需要，我其實不需要跟鷗鷺進行對話，事實上我只要有這隻鳥，跟這隻鳥對話，我就很開心了。因此我認為休不是否定，而是說我家裡就有了，不必在外面尋找鷗鷺，這樣的解釋我覺得還可以。確實休字本身如果需要經過再思考，去做相應的解釋和推敲，代表作者鍊字並不恰當，還有些需加強的地方。

○三○〈雪獅兒〉

張儷美：這篇作品我認為是平穩也平淡，可以看出有一些愛戀之情，但是句子沒有讓人眼睛一亮的感受。

李佩玲：它這首其實有點趣味，第四句的「喵喵學語」有描寫出來貓

　　咪那種可愛的感覺。

【第一次投票】

張韶祁：經過剛剛的討論，一共有○○一、○○四、○○五、○一三、○一四、○一七、○二三、○二五、○二八、○三○、○三三、○四○、○五八共十三件作品進入第二輪，依據主辦單位的規定，一共要選出 13 篇作品。那是否我們就先請老師針對這 13 件作品給分，最好的給 13 分，最差的給 1 分，依此類推。我們結算成績後再來討論。

張儷美：好。

李佩玲：好。

○○一〈天之驕者 - 鸚鵡〉：22 分（李佩玲 11 分，張韶祁 10 分，張儷美 1 分）

○○四〈鸚鵡〉：29 分（李佩玲 8 分，張韶祁 9 分，張儷美 12 分）

○○五〈鸚鵡〉：35 分（李佩玲 10 分，張韶祁 12 分，張儷美 13 分）

○一三〈養蠶〉：26 分（李佩玲 7 分，張韶祁 11 分，張儷美 8 分）

○一四〈龜〉：14 分（李佩玲 6 分，張韶祁 6 分，張儷美 2 分）

○一七〈鯉〉：20 分（李佩玲 5 分，張韶祁 5 分，張儷美 10 分）

○二三〈魚〉：24 分（李佩玲 4 分，張韶祁 13 分，張儷美 7 分）

○二五〈蠶・殘〉：9 分（李佩玲 3 分，張韶祁 1 分，張儷美 5 分）

○二八〈題大白巴丹〉：25 分（李佩玲 13 分，張韶祁 8 分，張儷美 4 分）

○三○〈雪獅兒〉：20 分（李佩玲 12 分，張韶祁 2 分，張儷美 6 分）

○三三〈貓〉：16 分（李佩玲 2 分，張韶祁 3 分，張儷美 11 分）

○四○〈胡錦鳥〉：16 分（李佩玲 9 分，張韶祁 4 分，張儷美 3 分）

○五八〈狸奴〉：17 分（李佩玲 1 分，張韶祁 7 分，張儷美 9 分）

　　經評審再次討論後，決議首獎是○○五〈鸚鵡〉，優選為○○四〈鸚鵡〉、○一三〈養蠶〉。佳作名次依序為○二八〈題大白巴丹〉、○二三〈魚〉、○○一〈天之驕者 - 鸚鸝〉、○三○〈雪獅兒〉、○一七〈鯉〉、○一四〈龜〉、○四○〈胡錦鳥〉、○五八〈狸奴〉、○二五〈蠶 · 殘〉、○三三〈貓〉。

天籟組

題目：以「臺灣小吃」為範圍，題目自訂。

體裁：七言律詩一首，限平聲韻目（以平水韻為準）。

決審：李佩玲女史（台北文學獎古典詩組評審）

　　　張韶祁先生（世新大學中文系助理教授）

　　　張儷美女史（中華詩壇雙月刊總編輯）

首獎
紅豆車輪餅　　　　　　　　　　　　　　鄭景升

雪色烘成月一輪，嫣然溫厚軟綿身。

休嫌淡素深餘味，自有清香不膩人。

惹我相思是紅豆，當年初識正青春。

誰憐到老曾無悔，為爾甜心涉市塵。

優選
廣東粥　　　　　　　　　　　　　　　　陳文識

海錯山珍薈一堂，細熬新米玉盈光。

顏如琥珀三春美，味賽龍肝八寶芳。

漫撒胡椒辛撲鼻，輕沾炸檜韻迴腸。

天涯客寄魂飛苦，夢寐依依老粥坊。

優選
燒肉粽　　　　　　　　　　　　　　　　周麗玲

夜讀街頭叫賣聲，購來填腹度三更。

新絲青箬雙睛覺，白玉嫩豚涎水迎。

屈氏沉江悲死節，今人裹粽紀忠卿。

環台四處皆聞見，馨葉傳情永繞縈。

佳作
棺材板 甄寶玉

台南小吃意新奇，名目驚心引笑嬉。

外匣黃金酥脆感，內容白玉滑香滋。

初來食客方延頸，已見貪饞快朵頤。

莫管他朝歸四塊，當前美饌孰能辭？

註：四塊即棺材也，俗稱四塊板，四塊半。

佳作
臭豆腐 陳麗華

磨豆淮南作乳漿，而今推廣更多方。

深藏發酵生佳味，熟炸隨風散異香。

逐臭六街曾買醉，垂涎三尺未嫌狂。

市場小喫都嘗盡，對此津津獨不忘。

佳作
嘉義火雞肉飯 吳秀真

吐綬家禽入大廚，桃城美饌屬其殊。

油香汁馥心脾沁，肉嫩餚鮮饕客趨。

飽滿晶瑩皆米粒，彈牙啖飯最歡愉。

食團媒體風評讚，不若親臨探有無！

佳作

新竹貢丸　　　　　　　　　　　　　　　　　　姚啟甲

竹塹古今丸肉香，榮徵貢品美名揚。

卯頭勤搗珍饈弄，日腳精炊貴客嘗。

隨黍加餐猶飽德，延賓佐酒醉傳觴。

平生愛此無兼味，細嚼恰如員外郎。

佳作

新竹貢丸湯　　　　　　　　　　　　　　　　　陳碧霞

城隍廟口最馳名，幾代傳承日夜耕。

肉骨熬湯鮮巧奪，芹珠加味色相迎。

引來饕客錢潮湧，推薦鄉親逸興生。

粒粒圓球何起眼，百間小吃莫能爭。

佳作

蚵仔煎　　　　　　　　　　　　　　　　　　　劉坤治

青蚵一把海鮮味，番薯粉勻收乳漿。

夜客分杯呼酒飲，春盤共釜待君嘗。

鹽調更助蔬殽美，醬和翻添雞蛋香。

餐後吞雲兼吐霧，神仙舊隱薦檳榔。

佳作

碗粿   洪淑珍

樸淳碗粿料非常，米氣十分涵日光。

菜脯鹹香炒絞肉，蝦皮鮮美撫飢腸。

一匙甘醬添柔嫩，每種食材符健康。

餐點皆宜風味好，榮登國宴意深長。

註：台灣盛產稻米，碗粿為米食製品，常見於街巷美食街夜市，長久
　　來是全台庶民作為正餐或點心的平價小吃。

佳作

四神湯   張素娥

乾隆大悅賜湯名，數載流傳寶島迎。

饕客傾心循路急，攤商傲骨取材精。

敢將小吃登紅榜，不把豪餐掛翠旌。

美饌地圖無國界，期能勇渡五洲耕。

天籟組總評

李佩玲

　　題為「台灣小吃」，貼合現實生活，為眾人實有之經驗，可除卻虛擬假想、食古人糟粕之遣詞用語，以切身所感，縱作平淺語，亦可動人，此其優點。然亦因此，稍一不慎，則張口見喉，易流於俚俗寡淡，淺薄無味，此其難攻。

　　本次作品，均見功底，聲律對仗，多能符恰，亦可見好聯，如「夜客分杯呼酒飲，春盤共釜待君嘗」、「隨黍加餐猶飽德，延賓佐酒醉傳觴」等，惜有佳句而無佳篇。或為詩題所限，詩人入手多以賦筆，率欠比興，故詩意終篇而止，略無餘味。

　　可喜者，〈紅豆車輪餅〉一篇，詩境溫柔，造語深美，破題「雪色烘成月一輪」即見情境雙呈，流水對「惹我相思是紅豆，當年初識正青春」輕倩流轉，堪推第一！此外，〈廣東粥〉一篇結語「天涯客寄魂飛苦，夢寐依依老粥坊」，詩境轉而深沉，亦是善結者也！

天籟組決審會議紀錄

會議時間：二〇一九年十一月三日（星期日）上午十一時

會議地點：天仁喫茶趣復興店（臺北市復興北路 152 號）

評審委員（依姓氏筆畫序）：

　李佩玲（網路古典詩詞雅集前版主、臺北文學獎古典詩組評審）

　張韶祁（世新大學中文系助理教授）

　張儷美（《中華詩壇》雙月刊總編輯）

列席（依姓氏筆畫序）：

　吳宜鴻（臺北市天籟吟社社員）

　張富鈞（臺北市天籟吟社總幹事）

　楊維仁（臺北市天籟吟社理事長）

紀錄：

　張家菀（臺北市天籟吟社理事）

　　會議先由主辦單位報告「2019 天籟詩獎天籟組」之參賽情形。本屆徵詩題目為：「以『臺灣小吃』為範圍，創作七言律詩一首，題目自訂。限臺北市天籟吟社社員參賽。」共收到十五件作品，經三位決審老師各選十三件，共產生十四份入圍作品，預計於今天選出首獎一位，優選二位，佳作十位，得依評審會議決議從缺或增額錄取。

　　會議中公推張韶祁老師擔任會議主席，主席先請決審委員就作品的整體品質以及評審標準作一共識性的討論，再進行評選。

張儷美：因為本次徵詩是以地方小吃為主要範圍，投稿量比較少，我
　　　　們挑選的又多，只刪去一首，可能有一些初學者或粗心導致
　　　　有瑕疵的也被選入。那麼我們是要放棄呢？還是依照民間傳
　　　　統詩社的習慣幫它改詩？

張韶祁：參照去年天籟詩獎的評選會議紀錄，為了呈現作品原貌，當
　　　　時的共識是以不改詩為基準。如果有不合律或瑕疵，我們或
　　　　許可以考慮列入獎項，但是就說明清楚，名次可能也給予調
　　　　整。

李佩玲：我也同意上述原則，原作如何就如何，評審不改作品，如作
　　　　品有格律瑕疵再個別斟酌。如該作真的非常好，但出律或瑕
　　　　疵情況不嚴重的時候，或許可以選進，但本來名次往後拉，
　　　　等於扣瑕疵分數。原則上我建議首獎或較前面名次不要有格
　　　　律瑕疵，原本格律也是評詩的客觀條件，需要被展露出來。

張韶祁：剛剛聽完兩位老師的想法，我個人看本次天籟組稿件，大致
　　　　來說一兩篇相對來說比較優秀，其他就是或有佳句但沒有佳
　　　　篇。另外在遣辭用句太直白，沒有婉轉。或許我們在評選過
　　　　程可以注意詩的本質應該是什麼？我個人認為選擇作品時
　　　　候，除了格律的客觀要求外，也可以將上述納入考量，即婉
　　　　轉姿態到了何種程度？那如果我們這麼做，放入了會議記錄，
　　　　未來的參賽者就可以當作借鏡，看到過去在這幾項是有標準
　　　　可依循，這樣我們就做到引領後來參賽者思考的方向。

張儷美：既然討論到引領作用，那即使我們選擇了這篇詩作，是否應
　　　　揭露此詩的缺點？

李佩玲：我覺得需要，譬如有些作品有些缺點，或者是如韶祁老師所
　　　　說有佳句而無佳篇，我們可在作品討論時做細部梳理，也可
　　　　以讓他人觀看這些作品時，知道為何而選？為何未被選？

張韶祁：或者為何被安排在這個名次？

張儷美：這樣不怕被人說評審沒眼睛？

張韶祁：我想或多或少都必須去承擔的，我們就依照會議討論的標準
　　　　及正常程序來做即可，別人的說法我們也不必去理會。

【第一輪討論】

張韶祁：依據主辦單位的規定，一共要選出十三篇作品。我們先前勾
　　　　選十二件，一共有十四作品入選，因為二票的一件是〇〇三
　　　　〈蚵仔煎〉，一票的一件是〇一二〈蛋餅捲（卵餅餟 nn̄g-
　　　　piánn-kauh）〉，我們是否選擇一篇進到這十三篇當中，然
　　　　後予以討論？

〇〇一〈臭豆腐〉：三票（李佩玲、張韶祁、張儷美）

〇〇三〈蚵仔煎〉：二票（李佩玲、張韶祁）

〇〇四〈新竹貢丸〉：三票（李佩玲、張韶祁、張儷美）

〇〇五〈嘉義火雞肉飯〉：三票（李佩玲、張韶祁、張儷美）

〇〇六〈鼎邊銼〉：三票（李佩玲、張韶祁、張儷美）

〇〇七〈碗粿〉：三票（李佩玲、張韶祁、張儷美）

〇〇八〈四神湯〉：三票（李佩玲、張韶祁、張儷美）

〇〇九〈肉粽〉：三票（李佩玲、張韶祁、張儷美）

〇一〇〈棺材板〉：三票（李佩玲、張韶祁、張儷美）

〇一一〈新竹貢丸湯〉：三票（李佩玲、張韶祁、張儷美）

〇一二〈蛋餅捲（卵餅餜 nn̄g-piánn-kauh）〉：一票（張儷美）

〇一三〈紅豆車輪餅〉：三票（李佩玲、張韶祁、張儷美）

〇一四〈廣東粥〉：三票（李佩玲、張韶祁、張儷美）

〇一五〈燒肉粽〉：三票（李佩玲、張韶祁、張儷美）

張儷美：〇一二這篇我不堅持，結尾沒有詩情，而且無對仗，就算要
　　　　為它修改也很難改。

張韶祁：那我們就確定〇一二〈蛋餅捲（卵餅餜 nn̄g-piánn-kauh）〉
　　　　割愛。那〇〇三〈蚵仔煎〉是否保留呢？

張儷美：這件作品末兩句「餐後吞雲兼吐霧，神仙舊隱薦檳榔」與題
　　　　目〈蚵仔煎〉無關，所以我沒有選。

李佩玲：結尾有些離題。

張韶祁：〇〇三是最後兩句有沒有離題的問題，我們可以在評分時再
　　　　來討論。那是否我們就這十三篇作品討論名次，有缺點我們
　　　　在會議記錄中說明。

李佩玲：我覺得這十三篇還是有些有問題，依據主辦單位的規定決審
　　　　可以決議是否從缺，我想是不是我們全部討論過一遍，再來
　　　　確定是否以鼓勵性質全額入選或根據內容優劣予以從缺。

〇〇一〈臭豆腐〉

張韶祁：這篇作品我有一個疑問，「逐臭六街曾買醉」，六街不知甚
　　　　麼意思？

張儷美：六街是唐代長安城的六條大街，後來大概都泛指京城的鬧市，
　　　　算是古典詩文中常用的典故。

李佩玲：其實我也不知道六街是什麼？我還以為是某某一街、某某六
　　　　街之類的。另外還想請問第一句的「淮南」，臭豆腐起源地
　　　　是在淮南嗎？

張韶祁：因為臭豆腐是豆腐製成，豆腐又是豆漿製成，據說豆漿與豆
　　　　腐都是淮南王劉安發明的，才用淮南來代稱。但是「磨豆淮
　　　　南作乳漿」這句子也會產生一些疑慮，就像李老師的疑問，
　　　　淮南可能是地名或官爵，不知道的人在這是看不出來的。

張儷美：這篇作品是我心目中的第二名，單純從技法方面，就詩意而
　　　　言比較沒有回味再三的餘味，但是這篇對仗工整。從本次所
　　　　有投稿作品裏來看，對仗工整度大概算得上是第一，就是詩
　　　　味比較弱，只可惜最後兩句落入俗套，但至少技法很成熟，
　　　　如果這篇作品詩味能再強一些應可以拿到更高名次。

○○四〈新竹貢丸〉

張儷美：本篇的頸聯「隨黍加餐猶飽德，延賓佐酒醉傳觴」猶和醉對
　　　　仗不工整，但尾聯「平生愛此無兼味，細嚼恰如員外郎」也
　　　　有自得其樂的感覺，可圈可點。看看兩位老師是否要不拘小
　　　　節，不在乎虛詞對動詞的問題。

李佩玲：雖然張老師剛剛有提到猶和醉的對仗問題，但是動詞古代也

是虛詞的一種，廣泛的來說也還是虛詞相對，雖然有瑕疵，在我來講還可以接受。

張儷美：就文字定義來說，「猶」是虛詞，介於動詞和形容詞之間。無論「醉」當成動詞或形容詞，與虛詞還是有點距離，有點隔。

○○五〈嘉義火雞肉飯〉

張儷美：本篇作品是好在結句「不若親臨探有無」，有引人入勝的感覺。而探字可平可仄也不會產生爭議。

李佩玲：如果把這首跟前一篇比較，我自己會比較愛○○四，主要是結句韻味上較本篇好。

○○六〈鼎邊銼〉

李佩玲：這篇作品我有意見，有幾個格律問題，建議是不要入選。

張儷美：頷聯第六字「老叟傾心鼎邊銼，新朋悅口碗中饊」應該是拗救，不是出律。只是拗救用得不好。

李佩玲：頸聯「金針蝦米和絲筍，蔥末香菇伴粉魷。」從對仗看「和」應該是「攪拌」的意思，應該讀成去聲，這樣也是出律。

張韶祁：第七句「多樣資料饒口福」，「料」字也出律了。

張儷美：那我建議這首不要入選，像一開始我們都沒選的○○二〈彰化肉圓〉也是因為「顆」字出律，所以都沒選入。

張韶祁：那這首我們也割愛。

○○七〈碗粿〉

張儷美：這篇作品其實寫得算四平八穩，硬要挑毛病的話對於技巧性
　　　　比較不熟，而「炒絞肉」犯了下三仄的毛病，這在民間詩社
　　　　是很在意的問題，不過在學院派大概都還能接受，所以可容
　　　　納。

張韶祁：我是可以接受，因為古人作品確實三仄落腳還是很多。

李佩玲：我自己寫作偶爾也會有下三仄，他人來批評，我也是會講古
　　　　人一堆作品下三仄。

張儷美：這就是一個小瑕疵，評審是否寬嚴的問題。另外還有個問題，
　　　　第二句「米氣十分涵日光」的「涵」是拗救，救「十」字這
　　　　沒問題，但「涵日光」意義不明，是說碗粿是白色的意思？

李佩玲：這篇作品整體而言沒有詩味，太直白，像第六句「每種食材
　　　　符健康」這實在不是詩的語言。另外除了儷美老師說到的「涵
　　　　日光」意義不清楚外，我覺得這是在湊韻；「餐點皆宜風味好，
　　　　榮登國宴意深長」像在喊口號。詩和口號的差別就在於字句
　　　　要有詩味。

張韶祁：我個人覺得本篇作品確實很平直，但至少沒有硬造出太難理
　　　　解的詞句，所以我還算能接受。

○○八〈四神湯〉

張儷美：這是我心目中的第三名，平心而論它不是最好的作品，但還算工整。但結句我不是喜歡，還欠一些功力。

張韶祁：結句「五洲耕」湊韻，不是很通順。

李佩玲：其實「寶島迎」、「五洲耕」都不是很通順。

張儷美：雖然這篇有這些缺點，但相較於其他篇，這篇的瑕疵算少，其他的缺點更加明顯。

張韶祁：沒有關係，或者看後面是否用評分的方式來決定。

○○九〈肉粽〉

張韶祁：我個人對這篇作品有些意見，它的對仗上其實不好，「三層」對「干貝」已屬勉強，「基本款」對「等含藏」、「輕鬆買」對「吉利糧」都不通，「買」要怎麼對「糧」？

李佩玲：一個動詞，一個名詞，詞性不同。

張韶祁：這篇作品我個人是建議割愛，不知兩位老師看法？

李佩玲：贊同，我也認為不行。「基本款」、「等含藏」還可以勉強說兩個詞籠統帶過去，但「買」和「糧」完全不行。

張儷美：「基本款」是二一句法，「等含藏」是一二句法，何況詞性方面都不對。我也不喜歡他的頸聯，「吉利糧」語意不明。

張韶祁：那我們這首就割愛了。

○一○〈棺材板〉

張韶祁：這篇作品描寫形象上算是漂亮的，以賦的筆法來看，頷聯「外
　　　　匣黃金酥脆感，內容白玉滑香滋」還算是貼切，好像看到它
　　　　一樣。

李佩玲：本篇作品勉強來說稍好，頷聯「外匣黃金酥脆感，內容白玉
　　　　滑香滋」如韶祁老師形容外型很貼切，另外結語有轉折，不
　　　　是從頭賦到尾，相較其他首本篇作品或許稍好一些。

張麗美：尾聯「莫管他朝歸四塊，當前美饌孰能辭？」其實四塊板就
　　　　是棺材，既雙關棺材板，也好像在說我就算死了也要吃，感
　　　　覺這兩句有俏皮感。

○一一〈新竹貢丸湯〉

李佩玲：我覺得這篇有些太直白，沒有詩的宛轉味道。「城隍廟口最
　　　　馳名」也不是詩的語言。

○一三〈紅豆車輪餅〉

張麗美：我最喜歡這篇，沒辦法，女人就是喜歡吃。就作品而言，通
　　　　篇文辭優雅，善用紅豆意象，每一句都沒有空話。首聯「雪
　　　　色烘成月一輪，嫣然溫厚軟綿身。」很有紅樓夢的感覺，烘
　　　　托得很好。頷聯「休嫌淡素深餘味，自有清香不膩人。」也
　　　　把紅豆餅內涵描寫很到味；頸聯「紅豆」對「青春」很工整，
　　　　流水對也十分流暢。尾聯「誰憐到老曾無悔，為爾甜心涉市
　　　　塵。」收得很好。這首詩已經立於不敗之地了。

李佩玲：這首詩確實最好，我心目中是給它第一名。我對這篇作品的
　　　　評語「溫柔深美，頗合所詠」，整體呈現紅豆餅溫柔的感覺，

每一句都很切合，可是都烘托出美的感覺，每一句既符合所詠物件，可是又有美感，不是憑空而來。我認為這首詩就是詩的語言，詩的語言不是平白直敘，既不能離題，講得不相干，但又要呈現出溫柔含蓄之美，而這一首確實有溫柔深美。我最喜歡第三聯「惹我相思是紅豆，當年初識正青春。」既有流水對的流暢，又有情韻的婉轉，紅豆青春亦十分工整的對句。結語「到老無悔」既說明喜歡小吃是一輩子的事情，同時結合紅豆的「相思」意思，說明自己對於紅豆的情感到老無悔，人與物之間完美契合。當我看到這作品有眼前一亮的感覺，內心覺得這篇是第一。

張儷美：我再補充一點，這首詩紅豆和車輪餅都沒有漏掉，像「月一輪」、「深餘味」都扣緊車輪餅，更能善於抓題而不泥於題，大概是高手的作品。足以成為本組的第一名。

張韶祁：我讀這篇作品，光看這第一個句子目光就被鎖定。它是用「比」的技巧，其作品大多只有用「賦」的手法。並不是說賦不好，賦比興各有其妙，但善用比興可以為詩作帶來另一層感受，賦予更深的意思和想像空間。這篇作品好的地方在於若即若離，就像剛剛兩位老師有說到，貼於題目但不黏膩。再加上文字清雅可人，例如第六句「當年初識正青春」，下一個句子緊接著「到老無悔」，說出這是我一輩子的愛。我們可以看到其他作品是描述眼前食物的一個瞬間，但這作者是放了情感在這裡頭，對於紅豆餅是深深愛著它的，如果要當作一首情詩，也是一首很漂亮的情詩。我想如果沒有問題，第一名大概就這麼確定了。

○一四〈廣東粥〉

李佩玲：這一篇作品是我心目中的第二名，這篇前面三聯比較賦，主
　　　　要在描述廣東粥的各種面向，對仗工整，有些形容還不錯，
　　　　例如第二句「細熬新米玉盈光」用玉形容粥的油光。我覺得
　　　　這篇技巧完整，前六句平穩，而結語有餘味，不會有那種說
　　　　完了就結束的感覺。而且我懷疑作者是否為廣東人，因為結
　　　　句「天涯客寄魂飛苦，夢寐依依老粥坊」很有味道，有將詩
　　　　更推上一層的作用，就像是廣東人或在廣東香港居住過一段
　　　　時間般。

張韶祁：這篇也是我心目中的第二名，跟○一三〈紅豆車輪餅〉比較，
　　　　這篇作品就是用賦的筆法。就如同我前面說的賦不是不好，
　　　　這篇作品就用得很巧妙，前六句純是賦法，寫的「如在目
　　　　前」，就像一碗廣東粥在前面，看到口水就流下來了。這篇
　　　　最漂亮在最後兩句「天涯客寄」的收束，如果最後也是用賦
　　　　法，那跟其他篇差不了太多，但它好在最後用思鄉之情來收
　　　　束、扣住。像剛剛李老師說的可能是一個待過廣東或故鄉就
　　　　在廣東的一個人，面對廣東粥勾引起特殊情懷。

張儷美：我當初對於這篇，認為三春是為了和八寶對仗而硬扣上去的，
　　　　不夠自然，所以不是很喜歡。

張韶祁：我個人倒沒有覺得這麼硬湊對仗，或者我們可以這樣理解「顏
　　　　如琥珀三春美」，三春是描述春光的美好，琥珀也是漂亮的
　　　　寶石，所以就用三春、琥珀來形容廣東粥顏色上的美。

張儷美：我對詩藝比較看重，擔心為對仗而對仗。

李佩玲：我倒沒有特別注意這部份。我的理解也和韶祁差不多，三春
　　　　就是美麗，用來形容顏色，因為上句形容顏色，下句是形容
　　　　味道。上句用琥珀、三春來形容美麗的顏色，下句用龍肝、
　　　　八寶形容珍貴的味道。雖然沒有不通，但也沒有特別好。

〇一五〈燒肉粽〉

張韶祁：這篇作品是我心中的第三名是，詞句上雖然沒有十分出色，
　　　　但相較於其他作品，本篇的前六句不錯，但是缺點就是結尾
　　　　兩句較平淡。我個人認為當然沒有辦法跟〇一三、〇一四的
　　　　作品媲美，但頷聯「新絲青箬雙睛覺，白玉嫩豚涎水迎」運
　　　　用了交股對，白對青、新對嫩，可看出有一些特別的設計感。

李佩玲：這篇作品我也是給他第三名，前三聯寫得不錯，可惜尾聯沒
　　　　有餘味，十分可惜。另外頷聯的「新絲青箬雙睛覺，白玉嫩
　　　　豚涎水迎」文字很漂亮，這聯很好，但「雙睛覺」對「涎水
　　　　迎」感覺差半字，有點對得太寬了。而頸聯則是以屈原沉江
　　　　帶入歷史背景，不是平淡的描寫眼前食物，而是融入歷史典
　　　　故，讓這首詩有了深度。只是結語平淡，以及頷聯的差半字，
　　　　有點可惜。整體來說，這首還不錯的作品。

張儷美：其實我對差半字沒那麼計較，但是需要注意的是詞性，可是
　　　　這裡用雙對涎，不工整感很強，專用名詞和動詞對不齊，這
　　　　是我比較考量的，而最後兩句有點浮濫。

【前三名討論】

張韶祁：根據剛剛的討論，我想我們可以先來決定前三名。第一名是

　　〇一三〈紅豆車輪餅〉應該兩位老師都沒有意見，那麼接下
　　來就是優選兩名。是否就從剛剛兩位老師心目中的二、三名：
　　〇〇一〈臭豆腐〉、〇〇八〈四神湯〉、〇一四〈廣東粥〉、
　　〇一五〈燒肉粽〉選出？

張儷美：如果這樣，我放棄〇〇八〈四神湯〉，因為相較之下另外三
　　　　篇更佳。

李佩玲：那我們就〇〇一〈臭豆腐〉、〇一四〈廣東粥〉、〇一五〈燒
　　　　肉粽〉這三篇來確認？

張儷美：就我而言，我覺得〇〇一〈臭豆腐〉應該為第二，如果撤除「三
　　　　春」不談，從詩句來說，不可否認〇一四〈廣東粥〉是更勝
　　　　於〇〇一〈臭豆腐〉，雖然〇〇一〈臭豆腐〉從詩意來說不
　　　　如〇一四〈廣東粥〉優美，但是從技巧性來說前者對仗更穩，
　　　　兩者衡量之下我覺得要選較為穩的比較不會被人批評。

張韶祁：所以張老師比較堅持〇〇一〈臭豆腐〉做為第二名嗎？

張儷美：是，從詩句來談比較沒有爭議。

李佩玲：現在看來第一名比較沒有爭議，但第二、三名就有不同的看
　　　　法。

張韶祁：既然無法有共識，那麼優選的二、三名我們就用投票積分方
　　　　式決定。請兩位老師們各自評分，最好的給 3 分，最差的給
　　　　1 分。我們再來結算成績。

〇〇一〈臭豆腐〉：3 分（李佩玲 1 分，張韶祁 1 分，張儷美 1 分）

〇一四〈廣東粥〉：9 分（李佩玲 3 分，張韶祁 3 分，張儷美 3 分）

〇一五〈燒肉粽〉：6 分（李佩玲 2 分，張韶祁 2 分，張儷美 2 分）

張韶祁：依據結算的成績，第二、三名分別是〇一四〈廣東粥〉與
　　　　〇一五〈燒肉粽〉，都納入優選。那麼〇〇一〈臭豆腐〉我
　　　　們暫定為佳作一，等等再與其他佳作的作品一起討論，這樣
　　　　兩位老師是否可以？

張儷美：好的。

李佩玲：沒有問題。

【佳作作品討論】

張韶祁：根據主辦單位剛剛的提醒，佳作仍然需要給予評分。那麼
　　　　目前除了〇〇一〈臭豆腐〉外，還有〇〇三〈蚵仔煎〉、
　　　　〇〇四〈新竹貢丸〉、〇〇五〈嘉義火雞肉飯〉、〇〇七〈碗
　　　　粿〉、〇〇八〈四神湯〉、〇一〇〈棺材板〉、〇一一〈新
　　　　竹貢丸湯〉共七篇。那我們是否一樣請兩位老師們各自評分，
　　　　最好的給 7 分，最差的給 1 分，依此類推。我們結算成績後
　　　　再來討論。

〇〇三〈蚵仔煎〉：10 分（李佩玲 7 分，張韶祁 2 分，張儷美 1 分）

〇〇四〈新竹貢丸〉：14 分（李佩玲 6 分，張韶祁 4 分，張儷美 4 分）

〇〇五〈嘉義火雞肉飯〉：14分（李佩玲 3 分，張韶祁 5 分，張儷美 6 分）

〇〇七〈碗粿〉：9 分（李佩玲 1 分，張韶祁 6 分，張儷美 2 分）

〇〇八〈四神湯〉：6 分（李佩玲 2 分，張韶祁 1 分，張儷美 3 分）

〇一〇〈棺材板〉：19分（李佩玲5分，張韶祁7分，張儷美7分）

〇一一〈新竹貢丸湯〉：12分（李佩玲4分，張韶祁3分，張儷美5分）

　　經評審再次討論後，決議佳作名次依序為〇一〇〈棺材板〉、〇〇一〈臭豆腐〉、〇〇五〈嘉義火雞肉飯〉、〇〇四〈新竹貢丸〉、〇一一〈新竹貢丸湯〉、〇〇三〈蚵仔煎〉、〇〇七〈碗粿〉、〇〇八〈四神湯〉。首獎是〇一三〈紅豆車輪餅〉，優選為〇一四〈廣東粥〉、〇一五〈燒肉粽〉。

2020 天籟詩獎

頒獎典禮
2020 年 12 月 6 日
臺北市青少年育樂中心國際會議廳

社會組

題目：以「臺灣文學作品」為範圍，新舊不限，題目自訂，不必聯章。

體裁：七律、五律、七絕、五絕各一首，限平聲韻目（以平水韻為準）。

初審：吳俊男先生（網路古典詩詞雅集版主）

　　　陳文識先生（臺北市天籟吟社常務理事）

　　　詹千慧女史（國立彰化師範大學國文系專案助理教授）

複審：張韶祁先生（世新大學中文系助理教授）

　　　陳美朱女史（國立成功大學中文系教授）

　　　龔必強先生（中華民國傳統詩學會理事，宜蘭、羅東社區大學

　　　　　　講師）

決審：李知灝先生（國立中正大學台灣文學與創意應用研究所副教授）

　　　康濟時先生（元音元唱一詩人）

　　　廖振富先生（國立中興大學台灣文學與跨國文化研究所特聘教

　　　　　　授）

首獎
白先勇《台北人》讀後等四首　　　　　　　　李玉璽

白先勇《台北人》讀後

> 舊時王謝景難存，台北羈留愴客魂。
>
> 往事談休惟被酒，新亭泣罷且遊園。
>
> 神州匡復應無望，寶島流離未有根。
>
> 何必經年悲逝水，他鄉日久是桃源。

廖振富選注《林幼春集》讀後

> 櫟社鍾靈秀，資修獨佔先。
>
> 衰軀藏彩筆，傲骨鬥強權。
>
> 懷古春秋句，傷時月旦篇。
>
> 景薰樓尚在，何處覓詩仙。

註：林幼春，譜名資修景薰樓為霧峰林家頂厝系林獻堂故居，幼春曾
　　有詩作

江鵝《俗女養成記》讀後

> 俗女青春夢，南都記憶多。
>
> 人生當適意，自在放聲歌。

陳亞蘭《人生親像大舞臺》讀後

梨園才女屬文工，俚諺鄉談補國風。

豈獨薪傳歌仔戲，廣弘本土譽彌隆。

註：補國風，謂補詩經國風之不足

優選

讀焦桐《臺灣飲食文選Ⅱ》等四首　　　　　鄭世欽

讀焦桐《臺灣飲食文選Ⅱ》

> 腹枵催煮字，入饌得攸宜。
>
> 憶昔情多味，易牙應未知。

讀郁永河《台灣竹枝詞》、《土番竹枝詞》

> 未厭烟霞侶，還來滄海涯。
>
> 天教千里沃，政失一鋤施。
>
> 壞擊吟風物，俗分編竹枝。
>
> 桃源應不似，民尚葛天時。

秋日過蓮池潭高雄文學步道

> 林下秋濤頗耐聽，元音跌宕屬東寧。
>
> 尺碑危塔爭龍虎，行看全歸眼底青。

註：高雄文學步道位於左營蓮池潭孔廟至龍虎塔之間的林間小徑。其
　　間以大理石鐫刻近代台灣文學作家之佳句，沿徑排列。

讀施淑編《賴和小說集》

> 員嶠割離民倒懸，悲情真感秤難權。
>
> 艱時月照兩行淚，故事風賡三百篇。
>
> 莫負醫心蒙可治，猶將夢筆石能鐫。
>
> 騷人不作酸呻句，縲紲高吟仍楚絃。

優選
走讀臺北文學地景　　　　　　　　　　林綉真

溫州街　李渝《溫州街的故事》

獨訪溫州感昔顏，滄桑故事逝潺湲；

漂流身世煙塵際，拓落文人間陌間。

風雨門庭朝暮老，干戈歲月草花閒；

回看幽巷斜陽外，靜好年華待客還。

註：李渝小說集，描寫　州街當時知識分子的苦惱與寂寞，當中某些篇
　　章亦有對二二八事件與白色恐怖的描述。

武昌街　周夢蝶《孤獨國》

武昌街畔默沉吟，孤獨京華意自深；

誰識鬻書雲鶴骨，閑從詩句覓知音。

註：《孤獨國》為詩人周夢蝶首本詩集，周夢蝶自 1959 年起在臺北市
　　武昌街明星咖啡廳門口擺書攤，專賣詩集和文哲圖書。1962 年開
　　始禮佛習禪，終日默坐繁華街頭，成為臺北「風景」，

中華商場　吳明益《天橋上的魔術師》

商肆憶惘然，韶華悵往年；

昔喧明月夜，今黯夕陽天。

有術迷虛幻，無言感蹟顛；

橋間燈已昨，明日又何邊。

註：吳明益短篇小說，以中華商場和商場天橋上的魔術師為主線貫穿
　　各篇的場景與人物。

101 跨年煙火　白先勇《臺北人：歲除》

京華百萬民，除夜一家春；

共賞煙花夕，同為臺北人。

註：白先勇短篇小說《臺北人》其中一篇，主要描述當年來臺軍人家
　　眷在臺北信義東村過新年的場景。

佳作

臺灣文學四吟　　　　　　　　　　　　　　　　　　林綉珠

原民文學　夏曼・藍波安「八代灣的神話」

漢語崇山多陟攀，誰知蘭嶼海潮間；
口傳神話千秋事，筆振春風八代灣。
儀祭飛魚人信仰，舟航拼板浪迴還；
原民文學開生面，展閱目前光錦爛。

註：「八代灣的神話」為蘭嶼達悟族人夏曼・藍波安書寫其故鄉蘭嶼
　　八代灣流傳的故事，中有許多關於蘭嶼飛魚與拼板舟的故事及神
　　話。

女性文學　李昂「殺夫」

屠刀弒丈夫，巾幗豈兇徒；
垂淚心猶憫，齊眉夢也無。
人言誠可畏，婦德更相拘；
婚嫁遭凌虐，誰能為疾呼。

同志文學　白先勇「孽子」

虹彩跨天情亦深，新公園內觸沉吟；
愁腸櫃裡須千結，總是難言孽子心。

客家文學　吳濁流「無花果」

安能甘殖民，祖國已前塵；

且作無花果，纍纍實結春。

註：「無花果」為吳濁流自傳小說，描寫自身從日治到國民政府來臺
　　後的身分認同，將臺灣人不屈不撓的精神比喻為無花果，雖無悅
　　目花朵，卻能在被踐踏的土地上，結起纍纍的果實。

佳作

寄懷四首　　　　　　　　　　　　　　　吳冠賢

讀洪繻鹿港乘桴記

新浪年年至，舊津移作疇。

桴輕心意重，未肯逐波流。

讀余光中戲為六絕句

取裁秋水與春風，錘鍊天然掌握中。

物我有情言不盡，銘心常貴語玲瓏。

讀賴和一桿稱仔

紀法問誰匡？時來共賊亡。

皇天懸一日，后土有千殤。

功德神仙殿，油鹽螻蟻腸。

豈徒悲左衽，族類亦如狼。

讀洪醒夫散戲

夢裡玉山無限高，身旁稚子尚長號。

摧眉盛世尋生計，擂鼓終章笑寶刀。

百代君臣猶粉墨，雙龍亭柱已皮毛。

青天日落風流去，一曲梨花愧戰袍。

佳作
臺灣文學作品四詠　　　　　　　　　　　　吳忠勇

袖海集

延平餘孽杳，袖海漾波洄。

履跡留鴻藻，瞻憑仰斗魁。

註：此為臺南作家作品集 36，吳榮富教授於詩中曾戲言：「我是延平
　　老餘孽」。

玉山詩集

耸峭瑰奇矗海東，新高山色夜空濛。

鹿林登歷銀河近，競拾珠璣入篋中。

註：路寒袖編，收錄前人古典詩 20 首，並邀請 20 位當代詩人上鹿林
　　山近觀玉山日出，體驗後再作 20 首現代詩合集成一冊出版。

行走的詩—獻給臺中的五十首地景詩

我欲攤書卷，東墩作臥遊。

都將塵世繪，分付故園謳。

茗馥連三椀，城荒已百秋。

卻來亭望月，還挹舊風流。

註：路寒袖主編，臺中市政府文化局出版。收錄華、臺及客語新詩，
　　並附相關地景照片。臺中市舊稱東大墩，人文薈萃，而臺中公園
　　之望月亭為昔日臺灣省城大北門僅存之遺跡。

臺灣詩路詩集

雲牆詩體分新舊，異代幽懷寄古今。

坐對田寮紅日落，欣聽池畔白頭吟。

登高望遠無鯨吼，乍雨乘風有客臨。

袞集斯文梨棗付，雄談不負廿年心。

註：本詩集共兩冊，一為古典詩，一為華、臺語之現代詩合輯，仲夏
　　至鹽水區田寮社區參訪臺灣詩路時（成立至今已 20 年），遇創辦
　　人林先生親為解說及吟唱。園區建有望高寮，西望即昔日之倒風
　　內海，雲牆亦嵌滿歷代描寫臺灣人事時地物之詩詞。

佳作

臺灣作家作品四詠　　　　　　　　　　　　陳靖元

賴和「一桿稱仔」

貧苦復傷情，販夫街畔行；

長官心少秤，百姓意難平。

註：描寫日治警察栽贓小說主人翁賣菜所用秤桿不合規定，藉此壓榨
　　其金錢以免牢獄之災的文章。

鍾肇政「魯冰花」

農家丘嶺採春茶，毓秀山川誕畫家；

教育堪憐迂腐處，飄零須記魯冰花。

葉石濤「府城瑣憶」

繁華轉眼空，舊事已迷濛；

時代遷新序，巷街涵古風。

府城名尚在，鄉井貌無同；

瑣憶應藏淚，讀來春夢中。

楊逵「壓不扁的玫瑰」

玫瑰帶刺意何長，欲護芳叢豈自傷；

持節終須蒙霧露，存心豈肯畏風霜。

驚聞金鼓雖無倖，愁遇鐵蹄還有香；

桎梏重重關不住，樊籠安得鎖春光。

註：「壓不扁的玫瑰」又名「春光關不住」，係楊逵二二八入獄時，
藉由描寫日治時徵調奴役民兵諷刺當時政府的短文。

佳作
讀丘逢甲先生七言絕句『春愁』，因感時局有懷等四首　李英勇

讀丘逢甲先生七言絕句「春愁」，因感時局有懷

　　鯤島曾遭變，春陽亦覺寒。

　　若無珍淑景，來歲豈能安。

鍾理和先生小說「笠山農場」讀後有思

　　石室名山此可親，覽文猶見著書人。

　　錚錚硬頸心如一，隱隱病身情亦真。

　　每話傳燈難盡興，還思喀血復安貧。

　　生涯縱筆唯其志，我欲寧居作散民。

王灝先生散文「鄉情篇」閱後，思人有作

　　埔里好山城，偏奇出俊英。

　　筆書鄉土事，手繪野人情。

　　樸拙何嘗傲，榮華自可輕。

　　往篇方讀罷，遺韻似新聲。

偶見向陽先生台語現代詩「阿爸的飯包」，因處同一時代，讀之，多有感觸

　　飯包滋味最能知，想我當時尚小兒。

　　底事今人渾不覺，三條菜脯亦甘飴。

佳作

「讀蔡素芬《鹽田兒女》感詠」等四首　　　邱素綢

讀蔡素芬《鹽田兒女》感詠

艷陽炙烤苦難禁，重擔肩挑引眾欽。

汗滴鹽田憐瘦骨，耙推鹵水濕清襟。

吃人禮教盤根固，贅婿兒殘賭興沉。

感佩女身多韌性，晚晴靜好喜來臨。

閱畢李昂《殺夫》感詠

鹿鎮誅夫案，誰人識苦懷。

虔婆窺縫隙，猥婿似狼豺。

謗口驚摧命，屠刀怒解骸。

幸今新女性，法律護吾儕。

讀廖輝英《油蔴菜籽》感詠

可憐菜籽命酸辛，零落隨風判賤珍。

教育而今欣普及，女權翻轉志能伸。

閱畢蕭麗紅《桂花巷》感詠

斷掌加纏足，千秋錮女娥。

死生天命定，刑剋嘆傳訛。

佳作
彰化應社詩薈等四首　　　　　　　　　　　　林文龍

彰化應社詩薈

同聲相應暫偷閒。踏遍礦溪復卦山。

苛政每勞吟咄咄。劫痕如在認斑斑。

推敲島佛情何苦。砥礪和仙志未刪。

掩卷宵深滋感喟。漢家豪俊孰躋攀。

林占梅潛園琴餘草

劫後存殘榜。來尋處士家。

琴餘裁錦繡。塵外鬥尖叉。

書屋梅花繞。詩聲桂影斜。

鶴山遺稿在。一詠一咨嗟。

萊園櫟社集

鑄銅聲切答霓裳。無淚可揮哀海桑。

大扣大鳴今已歇。低迴重詠荔枝香。

陳維英偷閒錄

恩榮方正詔。閩邑廣文官。

太古巢高詠。何須別瘦寒。

佳作
讀東吟社序有感等四首　　　　　　　　　　楊東慶

讀東吟社序有感

太僕飄零不仕清，東吟社創育群英，
海山鬱結丹心凜，翰墨傳承雅韻賡；
攄性操觚流寓意，尋幽攬勝且怡情，
福臺新詠斯人遠，仰止遺徽萬世名。

感寧靖王絕命詞

亂世流離苦，東寧鼎祚盦，
而今全髮節，俯仰自無慚。

評台灣文學史綱

移民社會歷摧殘，自主精神志不殫，
接軌全球弘視野，臺灣文學樹標竿。

褒歌文學論

母語揚天籟，歌謠風雅傳，
韻悠縈腦海，辭婉動心弦；
獨唱山村外，相褒野渡邊，
濃濃鄉土味，文化史留篇。

佳作
讀鹿港才子施文炳書後等四首　　　　　　　　洪一平

讀鹿港才子施文炳書後

才名三絕勝珠珍，書畫從來筆有神。

壯歲交游鷗作侶，耆年行止鶴為鄰。

傾心絳帳提攜渥，引領青衿顧盼頻。

雅望讜言關世道，斯文一脈播芳塵。

讀施文炳員嶠清塵詩集

展卷壯心驚，公詩壓世英。

雄篇瞻嶽峙，妙句逐雲行。

大雅咸稱最，風流獨擅名。

會須遺緒接，正學日增榮。

施文炳詩鹿港懷古四篇得金曲獎

金曲掄元譽海東，瑤篇珠玉奏新功。

超然李杜文章在，一代鴻儒我景崇。

讀施文炳詩登玉山絕頂有感

雲嶠眄滄溟，神游且忘形。

澹寧浮世事，耆哲慨晨星。

佳作

鍾肇政《魯冰花》等四首   劉坤治

鍾肇政《魯冰花》

> 繁星雲外同誰話，稚子望中想念媽。
> 彩筆未成空寫恨，孤舟何計早還家。
> 生前才力無人賞，身後畫魂驚世誇。
> 夜夜淚光憐曉露，憑風解語魯冰花。

楊青矗《外鄉女》

> 離鄉懷遠夢，歸路想依然。
> 豈畏貧相憚，惟愁不受憐。
> 辛勤求一飽，漂泊賺無錢。
> 手帕何緣覓，交遊久益堅。

柏楊《異域》

> 異域孤軍萬里征，羸形瘦馬試長鳴。
> 忠魂克保貞心在，滇緬風塵尚甲兵。

白先勇《一把青》

> 心繫神州夢，身留一把青。
> 看燈尋舊雨，對酒幾曾醒。

社會組總評

廖振富

　　2020 年天籟詩獎社會組規定以「臺灣文學作品」為範圍，我認為相當有創意，讓人耳目一新。可能為了讓參賽者有更大的發揮空間，取材的文學作品新舊皆可，且不必聯章，唯獨必須涵蓋七律、五律、七絕、五絕各一首。

　　這樣的要求，可說易寫而難工，試問：古往今來的臺灣文學作品，豈止多如繁星，誰沒有或多或少讀過一些臺灣文學作品？然而，以近體詩的有限字數要寫閱讀作品的心得或評論，要能有精彩的洞見，殊非易事。從進入決選的二十篇作品來看，果然取材樣貌非常多元，古典詩文、現代詩、散文、小說都有，有的詠單篇作品，有的詠一本書，有的會集中關注同一議題（如女性議題小說），或單一作家（如四首都詠讚施文炳），但仍以取材涵蓋多元面向者居多。

　　社會組評審，包括資深詩人康濟時老師、青年學者李知灝教授和我，初選十三篇共識甚高，其中三票者有八篇，二票者四篇，一票者七篇。不過在決定前三名時（首獎一名、優選兩名），哪些列佳作？確實也經過一番更深入的討論。

　　正如各界所知，任何文學競賽的評審，必然各有不同的偏好，但最後能脫穎而出者，就表示能獲得多數評審的認可，甚至是激賞。我認為其中關鍵，先決條件還是作品藝術性的高下，其次是能否在四句、8 句中生動呈現作家與作品的精神。包括怎樣善用律詩中間兩聯開闔與頓挫，乃至頭尾的結構呼應，怎樣在絕句中達到「語近情遙」，尺幅有千里之勢的妙趣。而如何掌握作家與作品的神髓，則是值得參賽者再三玩味的奧義所在。

社會組決審會議紀錄

會議時間：二〇二〇年十一月廿二日（星期日）上午十一時

會議地點：莫凡彼咖啡館臺北臺大店（臺北市羅斯福路四段 85 號 1 樓）

評審委員（依姓氏筆畫序）：

　　李知灝先生（國立中正大學台灣文學與創意應用研究所副教授）

　　康濟時先生（元音元唱一詩人）

　　廖振富先生（國立中興大學台灣文學與跨國文化研究所特聘教授）

列席（依姓氏筆畫序）：

　　王文宗（臺北市天籟吟社社員）

　　何維剛（臺北市天籟吟社社員）

　　張富鈞（臺北市天籟吟社總幹事）

　　楊維仁（臺北市天籟吟社理事長）

紀錄：

張家菀（臺北市天籟吟社理事）

　　會議先由主辦單位報告「2020 天籟詩獎社會組」之參賽情形。本屆徵詩題目為：「以『臺灣文學作品』為範圍，創作七言律詩、五言律詩、七言絕句、五言絕句各一首，新舊不限，題目自訂。」共收到五十一件作品，經初審委員吳俊男、陳文識、詹千慧與複審委員張韶祁、陳美朱、龔必強評選後，共產生二十份入圍作品，並由三位決審委員先勾選出十九篇作品入圍決選會議。預計於今天選出首獎一位，優選二位，佳作十位，得依評審會議決議從缺或增額錄取。

會議中公推康濟時老師擔任會議主席，主席先請決審委員就作品的整體品質以及評審標準作一共識性的討論，再進行評選。

康濟時：天籟詩獎這個題目極具意義且非凡，題目大而且作品多，從作品的選擇就可以看出作者本身的傾向，因此也很可以鼓勵新人出現。這種題目同時會排斥一些人，因此是對作者的考驗，同時也是對評審的考驗。我相信大家都很有經驗，都可以互相交流。

廖振富：康老師所說我同意，雖然本身算是臺灣文學的教授，很多人也寫新文學作品，現代詩、現代散文、現代小說等，也有古典詩、古典文學等，這次的作品有單篇的作品，也有針對專書、詩社活動，層面非常廣。其實我感覺大家挑選的共識很高，具體要怎麼選，每位老師可能有不同的偏好，包含格律、用詞，希望大家可以針對這層面加以討論。

李知灝：這個題目很有意義，和一般傳統詩壇的題目選題不同。我看這些作品的時候因為是以臺灣文學作品為主，有的好像沒有讀過這個作品，只有知道基本背景的感覺，好像沒有深入去讀，所以書寫起來十分困難，有些會涉及作品之文本與背後故事。

廖振富：老實說，對作者考驗，對評審也很考驗，很難說每一篇指涉的作品，我們都讀過，所以選擇的時候會根據對於作品的印象，甚至是主觀判斷，甚至是以詩作的精神、內容去衡量。

康濟時：那我們可以逐篇討論，為什麼選這篇，這篇的好，或是缺點，針對每一篇作品加以討論。

廖振富：我建議先將前三名選出來，後面看要再選十篇或是增添刪減幾篇再一起討論。我們在決選前已經有勾選十九篇入圍，三票的有○○七〈走讀臺北文學地景〉、○○八〈臺灣作家作品四詠〉、○○九〈臺灣文學四吟〉、○一一〈寄懷四首〉、○一二〈白先勇臺北人讀後等四首〉、○二○〈讀蔡素芬《鹽田兒女》感詠等四首〉、○三六〈臺灣文學作品四詠〉、○四五〈讀焦桐《臺灣飲食文選Ⅱ》等四首〉，共八篇；二票的有○○二〈讀《彰化應社詩薈》等四首〉、○一五〈讀東吟社序有感等四首〉、○二一〈讀丘逢甲先生七言絕句「春愁」，因感時局有懷等四首〉、○二四〈讀鹿港才子施文炳書後等四首〉，共四篇；一票的有○○六〈臺灣古典文學四題〉、○一○〈臺灣文學作品四題〉、○一六〈賴和《一桿稱仔》等四首〉、○一七〈鍾肇政《魯冰花》等四首〉、○一八〈讀《臺灣漢詩三百首》等四首〉、○二三〈夜讀忘齋先生「倚南詩稿」等四首〉、○二八〈台灣古今詩集〉，共七篇。是否先從二票與三票的來討論前三名？

康濟時：好，那就請二位老師先各勾出三篇，我們再從中討論。

【第一輪勾選】

康濟時：剛剛勾選的結果，一票的作品有：○○七〈走讀臺北文學地景〉、○○八〈臺灣作家作品四詠〉、○○九〈臺灣文學四吟〉、○一一〈寄懷四首〉、○三六〈臺灣文學作品四詠〉；二票的作品有○一二〈白先勇臺北人讀後等四首〉、○四五〈讀焦桐《臺灣飲食文選Ⅱ》等四首〉。我們就先從一票的直接討論吧，選○○七〈走讀臺北文學地景〉的是李知灝老

師，先請你表達意見。

李知灝：我是認為這篇作品對臺北感慨很深，對臺北變化的掌握，詩有歷史的感覺。

廖振富：初看還不錯，後來沒選的原因，我感覺有些問題。第一首寫溫州街，第一句「獨訪溫州感昔顏」，如要挑語病，如果把題目遮住，以為是在大陸溫州。末句「靜好年華待客還」，客是誰？待客還意義不明，溫州街這個主要內容是寫渡海來臺的知識份子，那邊是早期宿舍，用「待客還」，是等待誰離開又回來呢？再加上「溫州」這個詞彙，或是用「溫街」替代？可能需要從合理性去考慮，或者可以換一個詞彙。

　　第二首寫周夢蝶，最沒有毛病，也很好，寫出形貌。這就牽涉到知灝提到的問題，是要描寫這個人或是這篇文學作品。如果不要太苛求，以我標準是，對於臺灣文學有普通認知，但是沒有深入研究的人，從這個人的文學面貌、作品印象、個性等等都有抓到，對周夢蝶形象有一個基本把握。

　　第三首「中華商場－吳明益《天橋上的魔術師》」，這首題材很新，現代小說，還是有點小毛病，評審需要負責任挑毛病這個工作。首聯，語意有合掌，首聯「憶惘然」、「悵往年」，意義上就有點重複。「明月夜」、「明日」短短一首律詩，重出。最後一句「明日又何邊」，為了押韻，「又何邊」，一般我們說無邊無際，或是到哪邊去，這都可以通，可是「又何邊」，意思上是又要到哪裡，用詞上不穩，求全責備。

　　最後一首跨年，如果把題目、註解遮掉，感覺不出寫白先勇《台

北人》，只有文句直用「台北人」三個字，其實這本身就是一個寫看101煙火的詩而已，看不出跟《台北人》的關係，本來用五絕來寫，意義不容易彰顯。

康濟時：○○八〈臺灣作家作品四詠〉是我選的。第一首五言絕句詞淺意深，很容易引起共鳴。「長官心少秤，百姓意難平。」，用長官和百姓是對比，意義很深，其實我看難就難在這裡，找對比的東西，詩的張力才會增加，這是我選擇的原因。

　　第二首，這是寫得很平順，你說他有像剛剛那首那麼好？我認為有待改進，還可以更好。

　　第三首，這是老手，會救，街字孤平，用涵去救。結句「讀來春夢中」，好像讓你抓到東西，又好像沒抓到，像蒙太奇很多元，不同的切入面會有不同結果。

　　第四首寫得很好，有抓住楊逵真正的精神。一開始點題，對句方面都很工整，這是這首詩的優點，我感覺這首詩很會寫的地方是切入點不同，讀出面向就不同。

廖振富：我同意康老師所說，最後一首很不錯，可是第一首我的看法略有不同。五言絕句在唐詩詩歌題材的美學典範，絕句強調「言有盡義無窮」，很少拿來寫過於複雜的文學作品，難度較高，礙於體裁規定，各體兼備。我上課也上過這篇，現在是高中教材，本身這個故事結局的內容是一個重點，他寫起來不清楚，「意難平」沒有錯，可是沒寫出作品本身的感情強度，情感方面來說落差很大，不太符合五言絕句的要求。後面那幾首就很好，整體來說還是很不錯。第四首剛剛重讀

發覺，第二句和第四句有問題，「豈」字重出，但是整體來說很不錯，意象、內容和精神都有把握住。

李知灝：我沒有選的原因，因為百姓這一句有點想像，譬如說天地毀滅，沒有希望的那種感覺，可是他落實到一個百姓。第二個魯冰花的「誕」字很奇怪，用「迂腐」，可是沒有點出迂腐是什麼內容，有點可惜。再來第四首一樣是重出問題。

廖振富：「誕」字應該要再斟酌，總之不是很妥。

廖振富：只有我投○○九〈臺灣文學四吟〉，那我先來說一下，既然是臺灣文學，他有關照到多元，臺灣文學的特色。第一首不是這個作家代表作，相對來說是他早期作品，有其他更被推崇的代表作品。不過就詩論詩，我覺得還不錯，這位和廖鴻基是教科書級別的作者，因為規定教材內最被標舉的就是海洋文學和原民文學，雖然臺灣標榜海洋國家，但實際上對於海洋文學的關注還沒到。總之，就代表性來說，是取材上取巧，就詩論詩，第三首女性文學，第四首客家文學，總之從題目上，就可以知道作者想要照顧多元性。其實吳濁流是客家作家，可是這一本不是標舉成客家文學。以五絕來說，跟剛剛的對照，我覺得好一點，語氣銜接上，也可以認為較露，較直白，不過我也承認，因為我是臺灣文學教授，必須承認選材豐富，對於其詩作，也可以再重新討論。

康濟時：○一一〈寄懷四首〉是我選的，第一首五絕要寫到這樣是比較難，像春眠不覺曉，使用疑問句遐想範圍較大，較多元。

廖振富：第一首不太像疑問句，像肯定句。

康濟時：所以比較差。第二首寫得平順，好在轉結，「物我有情言不盡，
　　　　銘心常貴語玲瓏」我感覺他用的字是比較有深意，感覺較有
　　　　氛圍。第三首賴和這首，感慨不是只寫眼前見，可能他寫「亦
　　　　如狼」，亦，用法不是很漂亮。

李知灝：這是虛字用法。

康濟時：但是事實上頷聯和頸聯，對仗力度都很大。第四首，寫散戲
　　　　可以寫到這樣，可以說功力深厚。這是我個人看法。

李知灝：我反而覺得第三首頸聯不太欣賞。「油鹽螻蟻腸」想要比興
　　　　的是什麼？可是不太像這本書的內容，我讀到這裡的時候，
　　　　狼的意象不太對，這本書寫苛政猛於虎，虎跟狼還是不一樣
　　　　的形象。第一首很可惜是沒有進入，應該要是理解洪棄生從
　　　　海上望故鄉，滄海桑田的感覺。

廖振富：我看法跟知灝類似，一樣覺得這篇沒有進入作品本身內涵。
　　　　這本書被選入高中教材，有代表意義，正反雙面都可探討，
　　　　包括我個人對於洪棄生個人有正反兩面看法，正的部分是始
　　　　終如一，反的部分是過於反日思想。這篇作品我以前覺得不
　　　　適合進入教材，臺灣文學不可避免牽涉到作品精神和作者人
　　　　物的代表意義，從這角度，作者好像沒有捕捉內在深刻的涵
　　　　義。

　　第三首好很多，頷聯不錯，頸聯「油鹽螻蟻腸」一句還可以通，
對一般庶民、升斗小民來說，柴米油鹽醬醋茶，活下去，人類活著基
本需求變成一種奢望，雖然前面還可以理解，可是最後兩句不太懂作
者表達的意思，「豈徒悲左衽」是說臺灣被殖民統治，這沒問題，但

是這裡不只是感歎被殖民統治，「族類亦如狼」，他想……

李知灝：他可能想表達兩個角度的意思，一個是感嘆非臺灣人，一個
　　　　是批評日本殖民統治臺灣人。

廖振富：我讀起來好像是說，不只是日本政府，還有臺灣人……，這
　　　　一點大概是作者自己延伸了。不過我也曾經看過一些文學作
　　　　品是從這個角度討論，也是可以通。

康濟時：從這個角度出去應該有自己想法。

廖振富：對，這一點我很同意，所以我沒有選的作品，通常是只把作
　　　　品內容可能在說什麼講一講，詩中沒有「我」，我的感受，
　　　　我的看法是什麼。這裡就說到不只是日本資本家，這種情況
　　　　臺灣也有。從這個角度來看，這篇真的寫得很好，功力深厚，
　　　　結尾對照力度很強。最後一首，前面鋪陳場景，後面則是走
　　　　向凋零，沒有人看的寥落，抓住這一點寫得相當成功。

康濟時：為什麼我對這首這麼有感觸？就是臺灣歌仔戲協會第一屆與
　　　　第二屆會長是我叔公，所以我在家族裡面也曾經看到楊麗花
　　　　他們，感觸很深。第三首頸聯「功德神仙殿，油鹽螻蟻腸」
　　　　五個字都名詞，這樣的對聯很難，如果沒有夠深入，無法寫
　　　　出來，像杜甫寫月夜一樣。而且尾聯對日本政府與國民政府
　　　　都有感慨，雖然從文字來說很難看出深入程度，可是你會發
　　　　覺該說的都被他說完了，我對這篇給予很高的分數。

廖振富：從這角度來看，第三首我只有注意到後面那句可不可以通，
　　　　「功德神仙殿」，我的理解就不知道是不是作者想要表達的

意思。我覺得「功德神仙殿」對比前面要講出的意思，你如果做一個好的警察不要欺負老百姓，這種底層小老百姓的壓迫，所以都是名詞。我也贊同康老師所說這首的確講得很詳細。

廖振富：接著是○一二〈白先勇臺北人讀後等四首〉，先讓李老師講。

李知灝：這篇平順，《台北人》這首有把戰後來臺那批人的心情轉折寫出來，王謝堂前燕、他鄉遇故知，那種心情描寫出來。接著第二首從林幼春這個人談詩詞內容，然後再從林家這個景物懷人。第三首跳出之後，蠻特別的，又有種輕鬆、青春出現，有點不一樣。第四首又有點傳統，最後有點稱頌的寫法。覺得還可以。

廖振富：我個人相當欣賞這篇，前面想法跟知灝差不多。前兩首取材現代小說外省族群來臺，相較於前面也有人寫過的題材，可是這篇就深入很多，像第一首有抓住外省族群來臺的心聲，對仗很工穩，「往事談休惟被酒，新亭泣罷且遊園」。「神州匡復應無望，寶島流離未有根」，這在早期這樣寫會被抓去坐牢，現在是百無禁忌的時代，而且已經成為歷史事實，這裡就是你的家鄉了，詩中就有我，這個我是主流思想的共識，來臺的第二代或第三代這些新族群共同認同這塊新土地，帶著深情看待過去的歷史。詩也很好，作者主觀情感力度也有。

林幼春是我研究對象，我從博士論文接觸林幼春，「衰軀藏彩筆，傲骨鬥強權」是講他去坐牢，不過最後有放出來。我本來有挑他一點

小毛病，「景薰樓尚在，何處覓詩仙」，由於我本人對林幼春、霧峰林家等都研究很久了，第一眼就會覺得你空間有問題，可是註解說服我，景薰樓是林獻堂故居，最裡面是林幼春寫的，中間就是櫟社。

廖振富：我覺得最後結句不是毛病，作者有打預防針，表示作者知道這件事，景薰樓重建，林獻堂邀請詩友題詩，還是很貼切的。好玩的是，經過兩首厚重的歷史故事，政治意味很重之後，舉重若輕。後面兩首輕鬆愉快，五絕不雕琢，用詞平易、平順淺白，但是有韻味。從第一句扣緊主題，到最後把人物個性作品主題傳達出來。第四首陳亞蘭這本書我沒看過，但是認識這個人，講很多諺語，講自己人生經驗，這篇兼容雅俗，比起多元題材，更真正教人驚喜，不像前面多元題材的湊合。

李知灝：〇三六〈臺灣文學作品四詠〉看後面兩首，第三首地景詩，「臥遊」這個意象，這兩個字展現出神遊其中的感覺。第四首真實抓住，確實有這個詩集，登高望遠，虛實相映的感覺。前面第一首把吳榮富老師的詩融進去。

廖振富：後面地景詩這本書，這是文化局長為了行銷，邀請作家詩人旅行寫詩搭配漂亮照片，書的內容大概就是這樣。剛剛知灝欣賞的，我因為臺中人比較嚴格一點。「我欲攤書卷，東墩作臥遊」，不是他去東墩，而是他攤開書臥遊在東墩，不過東墩只是舊臺中市區，不能涵蓋整個臺中，可是這本書為了涵蓋更廣，是臺中市，其實就是以前的臺中縣。這首後面是一般懷古詩的感懷，這詩雖然寫得還不錯，沒有呈現這本書的內容，那種輕鬆愉快圖文搭配的樣貌。第四首是擊缽常見套語，太重，堆砌。

康濟時：這首擊缽味道重了一點，以現在臺灣的詩的走向應該要走出
　　　　擊缽，擊缽味道太濃，就像我們現在吟唱一樣綁死自己。詩
　　　　再往擊缽走，會勒死自己。

廖振富：〇四五〈讀焦桐《臺灣飲食文選Ⅱ》等四首〉這篇我有選，
　　　　可是我其實欣賞強度不高，我既然選擇為前三名，有義務解
　　　　釋。整體平平，取材蠻好玩的，因為不要求聯章，所以彼此
　　　　不相干，優缺可見，優點容易操作，缺點組詩聯章沒有系統
　　　　性，隨便選四項寫，雖然主辦方給予這種自由，可是太過零
　　　　散也怪怪的，過於隨興偶然。就詩論詩，其實功力還不錯，
　　　　所以讀起來沒有什麼毛病。

　　　我最欣賞是第四首賴和，你看大家都有選賴和，指標性人物，取
材上比較容易的，剛剛也有兩篇作品有，這裡用七律對仗鋪陳，就這
一點力道較夠，嚴肅的、反殖民的常見主題，中間兩聯對得不錯，虛
實之間，「艱時月照兩行淚，故事風賡三百篇」，賴和的故事是比較
少人提到的，因為新文學強調他的小說，那故事就不只講一枝秤子，
三百篇講的就是古典詩，其實賴和舊詩不錯，這裡就講到他的古典詩。
「莫負醫心蒙可治，猶將夢筆石能鐫」，對仗跨度很大，意義豐富性，
他是醫生，可是不僅是用醫術來救人，還用文學創作來提醒，甚至有
實際行動。末聯有提到不只是一個現代文學作家，這對他來說是個工
具，為了這個目標不後悔，堅持到底。這四首我最欣賞這首詩，前面
都平平，沒有特別的感覺，就取材而言，焦桐是現代文學，第三首文
學步道是否合乎主題可以討論，因為並不是某一本作品，文學步道是
一個空間，仍值得再討論。

康濟時：第四首寫賴和，前面也有寫賴和，但是把賴和的精神寫出來

　　只有這首，談得很深刻。尤其賴和被關起來，也有提到，三百篇是講到古典詩，把重要的都提出來，很深刻。

李知灝：當時沒有選這篇，因為「讀施淑編《賴和小說集》」，可是這首看起來比較像《賴和全集》，不是這一本書，小說程度不濃。其實這裡可以從小說的取材去呈現，秤難權已經很好，後面可以從此延伸，可惜沒有。還有文學步道的問題，沒有作品內容，純粹是景。第二首對仗，「一鋤施」跟竹枝詞的關係，需要討論。

康濟時：其實「一鋤施」是在講竹枝詞，當時臺灣的竹枝詞很少看到，所以他要像一鋤施，施是名詞也是動詞，耕作的動作，因為有他寫過以後，後來臺北捷運上面可以看到很多竹枝詞。

廖振富：康老師講得是時空背景，可是這句在語意上好像是政治上有什麼問題，沒辦法順理成章。

康濟時：其實用「施」，應該就要了解。

廖振富：可是他用「政」，句子不是順理成章，很難理解。

康濟時：各位老師已經對作品有所討論，我想前三名應該就從這裡面挑，請老師給這七篇一個分數，第一名七分，第二名六分，以此類推。

○○七〈走讀臺北文學地景〉：13 分。（李知灝 3 分、康濟時 6 分、廖振富 4 分）

○○八〈臺灣作家作品四詠〉：8 分。（李知灝 1 分、康濟時 2 分、

廖振富 5 分）

○○九〈臺灣文學四吟〉：12 分。（李知灝 4 分、康濟時 5 分、廖振富 3 分）

○一一〈寄懷四首〉：12 分。（李知灝 2 分、康濟時 4 分、廖振富 6 分）

○一二〈白先勇臺北人讀後等四首〉：分。（李知灝 7 分、康濟時 1 分、廖振富 7 分）

○三六〈臺灣文學作品四詠〉：11 分。（李知灝 6 分、康濟時 3 分、廖振富 2 分）

○四五〈讀焦桐《臺灣飲食文選 II》等四首〉：13 分。（李知灝 5 分、康濟時 7 分、廖振富 1 分）

康濟時：目前看起來○一二〈白先勇《台北人》讀後等四首〉15 分是第一名，接下來○○七〈走讀臺北文學地景〉與○四五〈讀焦桐《臺灣飲食文選 II》等四首〉都是 13 分，依主辦單位的要求要從中選出優選一或優選二。

廖振富：我覺得○四五我給他太低了，他應該要高一點，我是建議○四五在前。

李知灝：我贊成。

康濟時：我也贊成，那○四五〈讀焦桐《臺灣飲食文選 II》等四首〉排序第二，○○七〈走讀臺北文學地景〉排序第三。再來○○九〈臺灣文學四吟〉和○一一〈寄懷四首〉也是同分，

一樣需要排出佳作一或佳作二。

廖振富：這兩篇我的給分剛好和兩位評審相反，那我就尊重兩位評審的看法，多數決，很合理。

李知灝：○○九雖然有點刻意，在全篇的布局上還是有他的創見和考量，有原民、女性、同志、客家。

康濟時：很合理，那這樣○○九〈臺灣文學四吟〉排序第四，○一一〈寄懷四首〉排序第五，那其它的佳作就是從沒討論過的幾篇裡面挑六篇。

李知灝：○二○〈讀蔡素芬《鹽田兒女》感詠等四首〉原本都有選，可是我們勾選時都沒有勾到。

康濟時：這篇我讀來有點擊缽的感覺，太淺白，不是很欣賞。

李知灝：這篇感覺寫得比較舊式，比較平，譬如說寫蔡素芬用詞怪怪的，例如炙烤、賭興沉、喜來臨更口語化。後面有女權翻轉志能伸，跟原書廖輝英《油麻菜籽》的主要內容不符合，沒有抓到其中精神，這是當時沒有選他的原因。

廖振富：其實要挑他是可以分前後兩句的，前半首講像菜籽，後半首講教育，這也可以通，可是太直白，沒有韻味，整篇都有這個毛病，沒有讓人反思的餘韻，就是把內容講一講，沒有詩的深意。

康濟時：好。那接下來要選出佳作，我想為了節省時間，就直接對作品評分，我們再依據分數高低來討論。目前還差六篇作品，

那就最高給 6 分，再來 5 分，以此類推。

〇〇二〈讀《彰化應社詩薈》等四首〉：10 分。（李知灝 2 分、康濟時 5 分、廖振富 3 分）

〇〇六〈臺灣古典文學四題〉：3 分。（李知灝 3 分、康濟時 0 分、廖振富 0 分）

〇一〇〈臺灣文學作品四題〉：0 分。（李知灝 0 分、康濟時 0 分、廖振富 0 分）

〇一五〈讀東吟社序有感等四首〉：10 分。（李知灝 6 分、康濟時 4 分、廖振富 0 分）

〇一六〈賴和《一桿稱仔》等四首〉：2 分。（李知灝 0 分、康濟時 0 分、廖振富 2 分）

〇一七〈鍾肇政《魯冰花》等四首〉：5 分。（李知灝 5 分、康濟時 0 分、廖振富 0 分）

〇一八〈讀《臺灣漢詩三百首》等四首〉：1 分。（李知灝 0 分、康濟時 0 分、廖振富 1 分）

〇二〇〈讀蔡素芬《鹽田兒女》感詠等四首〉：11 分。（李知灝 4 分、康濟時 3 分、廖振富 4 分）

〇二一〈讀丘逢甲先生七言絕句「春愁」，因感時局有懷等四首〉：12 分。（李知灝 0 分、康濟時 6 分、廖振富 6 分）

〇二三〈夜讀忘齋先生「倚南詩稿」等四首〉：1 分。（李知灝 0 分、

康濟時 1 分、廖振富 0 分）

○二四〈讀鹿港才子施文炳書後等四首〉：7 分。（李知灝 0 分、康
濟時 2 分、廖振富 5 分）

○二八〈台灣古今詩集〉：1 分。（李知灝 1 分、康濟時 0 分、廖振
富 0 分）

　　經評審再次討論後，首獎為○一二〈白先勇《台北人》讀後等四
首〉，優選為○四五〈讀焦桐《臺灣飲食文選Ⅱ》等四首〉、○○七〈走
讀臺北文學地景〉，佳作依序為○○九〈臺灣文學四吟〉、○一一〈寄
懷四首〉、○三六〈臺灣文學作品四詠〉、○○八〈臺灣作家作品四
詠〉、○二一〈讀丘逢甲先生七言絕句「春愁」，因感時局有懷等四
首〉、○二○〈讀蔡素芬《鹽田兒女》感詠等四首〉、○○二〈讀《彰
化應社詩薈》等四首〉、○一五〈讀東吟社序有感等四首〉、○二四〈讀
鹿港才子施文炳書後等四首〉、○一七〈鍾肇政《魯冰花》等四首〉。

青年組

題目：任選一種「體育活動」吟詠，題目自訂。

體裁：七言絕句一首，限平聲韻目（以平水韻為準）。

※ 體育活動採狹義定義，以體能競技活動為主。

初審：吳俊男先生（網路古典詩詞雅集版主）

　　　陳文識先生（臺北市天籟吟社常務理事）

　　　詹千慧女史（國立彰化師範大學國文系專案助理教授）

決審：吳東晟先生（乾坤詩刊古典詩主編）

　　　李宜學先生（國立中央大學中文系副教授）

　　　陳文峯先生（《全唐詩》探研人）

首獎
水上芭蕾　　　　　　　　　　　　　　　　　蔡宗誠

態擬凌波舞錦春，芙蓉艷質戲漣淪；

遙瞻水面清漪在，疑是洛神羅襪塵。

優選
舉重　　　　　　　　　　　　　　　　　　孫翊宸

獨舉千斤繫一身，何殊贔屭力無倫；

須逢家國艱危日，方識扶傾負重人。

優選
大隊接力參賽有感　　　　　　　　　　　　張芷綾

躬體凝神蓄滿弓，槍聲急起破長風。

莫將勝敗輕言定，與爾齊心逐眾雄。

佳作
射箭　　　　　　　　　　　　　　　　　　顏子碩

疾若流星鏃羽輕，能憑一箭射聊城；

時人薄俗多趨競，誰樂古風君子爭。

佳作
跳水 　　　　　　　　　　　　　　　　　陳信宇

如箭離弦莫滯疑，橫空一霎入深池。

水花微綻漫揉去，髣髴輕雲遮月時。

註：〈跳水「壓水花」實驗研究〉（錢競光等，2005）提出了撞揉結
　　合的壓水花技術。

佳作
體操 　　　　　　　　　　　　　　　　　許育阡

勤舞千回寂寞妝，彩綢飛盡舊韶光。

十年鑄得平生夢，一曲翩躚共樂章。

佳作
職棒 　　　　　　　　　　　　　　　　　曾俊源

對決攻防悍將迎，高飛封殺技專精；

憑君一棒平天下，奪冠端從百戰征。

佳作
籃球 　　　　　　　　　　　　　　　　　陳品仔

森嚴守勢持球破，入網三分萬眾驚。

熱血燃魂終不負，爭心鬥巧見輸贏。

佳作

觀中國舞有感　　　　　　　　　　　　　王禹媗

眸光細逐天顏轉，翠袖雲裳紫羽仙。

素手生蓮催影動，清歌曲罷醉華年。

佳作

短跑　　　　　　　　　　　　　　　　　黃文馨

相鄰咫尺競前頭，步若飆風未止休。

履底磨沙珠汗落，終贏勝果淚浮眸。

佳作

詠馬拉松　　　　　　　　　　　　　　　陳毅勳

從來逐日百重關，更染風塵遮素顏。

跬步尋常誠致遠，迢迢路盡此心間。

佳作

龍舟競渡　　　　　　　　　　　　　　　詹培凱

奮力迎風破浪行，喧騰鑼鼓更相爭。

一時勝負心常掛，來處回望水已平。

佳作

跳水   吳紘禎

神凝氣屏上高台，俯看清池潋灩開。

一躍翩然休反顧，總非花落可重來。

青年組總評

李宜學

　　本次天籟詩獎青年組通過初審之作，共三十三首，扣除報名資料不齊、出律、犯重等問題，最終有十三首進入決選。三位評審老師，或側重於運動畫面是否寫得如在目前，或斟酌於新、舊詞彙是否能融於一爐，或究心於句意、韻腳是否精準穩當，而各有評騭、取捨，但都肯定這十三首詩扣緊「體能競技活動」主題發揮，不落俗套，時見新意，非常可喜。

青年組決審會議紀錄

會議時間：二〇二〇年十一月廿一日（星期六）下午三時

會議地點：天仁喫茶趣中山店（臺北市中山北路五段 570 號）

評審委員（依姓氏筆畫序）：

　　吳東晟先生（乾坤詩刊古典詩主編）

　　李宜學先生（國立中央大學中文系副教授）

　　陳文崟先生（《全唐詩》探研人）

列席（依姓氏筆畫序）：

　　張富鈞（臺北市天籟吟社總幹事）

　　楊維仁（臺北市天籟吟社理事長）

紀錄：

何維剛（臺北市天籟吟社社員）

　　會議先由主辦單位報告「2020 天籟詩獎」之參賽情形。本屆徵詩題目為：「以『體育活動』為範圍，創作七言絕句一首，題目自訂。」共收到 105 件作品，經初審委員吳俊男、陳文識、詹千慧評選，共計 49 件進入決審，經決審委員先勾選出十三篇進入決審，預計於今天選出首獎一位，優選二位，佳作十位，得依評審會議決議從缺或增額錄取。

　　會議中公推李宜學老師擔任會議主席，主席先請決審委員就作品的整體品質以及評審標準作一共識性的討論，再進行評選

吳東晟：是否先確定有幾篇篤定入選，再由幾篇可納入獎項。最終再由入圍獎項決定前三名。其中原本進入決選之 5 號〈攀岩〉、14 號〈詠冰壺戲〉、22 號〈夕岸萬人馬拉松〉有孤平問題，這三首決定是否保留，再決定是否空出缺額。

李宜學：5 號我不堅持，14 號有重出，這兩組都可以放棄。

陳文崶：22 號第三句五字為入聲字，拗而不救，原本不在我勾選範圍內，像張夢機、張大春都認為有拗必救。我補上的原因是，《全唐詩》有拗救者都是二比八，拗救並不是一定必要，但是對學生而言，應養成有拗必救的習慣，避免未來寫詩越走越偏。因此我也認為 22 號可以放棄。

李宜學：所以 5 號、14 號、22 號三篇可以放棄。那麼後面補上來的幾篇，是否各位老師有推薦者可以入圍決審。可討論的有 7 號〈龍舟競渡〉、25 號〈弱冠又一初學網球有感〉、26 號〈詠馬拉松〉、28 號〈跳水〉、30 號〈端陽競舟〉、32 號〈跆拳道〉、33 號〈衝浪〉。我們先就這幾首投票並表示意見，再來決定哪幾首要進入決審。

7 號〈龍舟競渡〉

吳東晟：我覺得 7 號可以納入。

陳文崶：三、四句敘述龍舟不夠恰當。

李宜學：那就是算兩票。

25 號〈弱冠又一初學網球有感〉：一票

李宜學：這篇是我投的，我不堅持要進入決審。

26 號〈詠馬拉松〉：二票。

李宜學、陳文崋

28 號〈跳水〉：一票

吳東晟：這首是我選的。

陳文崋：因為該詩「台」、「臺」不宜混用，這兩個字今天雖然通用，
　　　　但在古典中是不同韻部，意義也不同。

吳東晟：我是覺得這篇有資格進去決審，如果得獎後，能不能請作者
　　　　改「台」為「臺」？

陳文崋：我不贊成，因為其他組也有類似的問題，這樣就不公平了。

李宜學：這首相對之前幾首比較不出色，既然吳老師認為可以，那我
　　　　們先納入決審考慮。

30 號〈端陽競舟〉：一票

李宜學：這篇是我投的，但我不堅持。

32 號〈跆拳道〉：一票

陳文崋：這首詩的行文有點俗。

吳東晟：第四句不好。

李宜學：這首是我投的，那就算我一票。

33 號〈衝浪〉：一票。

吳東晟：虛字太多。

李宜學：這篇是我投的，那我不堅持。

李宜學：總結剛剛討論結果，7 號〈龍舟競渡〉、26 號〈詠馬拉松〉
　　　　兩票可以進入決審，28 號〈跳水〉吳東晟老師認為可以納
　　　　入，陳文崟老師也不反對，所以加入三篇。這樣入圍決審者
　　　　共十三篇，正好符合主辦單位的十三個獎項。是不是先請老
　　　　師先說一下自己對各作品的看法，然後再來評分。

吳東晟：我的前三名即 1 號〈舉重〉、2 號〈水上芭蕾〉、3 號〈大隊
　　　　接力參賽有感〉。1 號〈舉重〉分數最高，但我覺得有點像
　　　　長輩的詩，有點擔心是否為代筆所作。2 號和 3 號水準差不
　　　　多，〈水上芭蕾〉是用觀眾眼光來看，也有古典美感，但是
　　　　總覺得過於將古代的典故納入，卻彰顯不出詩人自身的感受。
　　　　以這樣角度來看，3 號比 2 號較好，很像看電視畫面的運鏡，
　　　　但是第三句有點從觀看者變成參賽者，有視點或主體的轉換。
　　　　其實 2 號和 4 號有點像，但 2 號的古典性比較強，略勝於 4 號。

李宜學：我也是覺得前四篇是我心目中排序較為前面者。1 號〈舉重〉
　　　　很容易理解並且有他的想法。2 號我認為是一篇很成熟的古
　　　　典詩，詞彙很貼切古典，我的疑慮之處在於比較沒有現代詞
　　　　彙的感覺，相較於 3 號和 4 號，就比較沒有那麼古典，但同

時卻擁有了現代性。2 號雖然是有用字的疑慮，但整體看起來還是比較完整的古典詩。我第一名是給 2 號，第二名是 1 號，流暢易懂。3 號和 4 號的次序我很游移，3 號最後一句過於直白，因此我的第三名是給 4 號。4 號用字也很有現代感，但結句較 3 號更好。前三名分別是 2 號〈水上芭蕾〉、1 號〈舉重〉、4 號〈射箭〉。

陳文崟：我的排序是 2 號〈水上芭蕾〉、1 號〈舉重〉、3 號〈大隊接力參賽有感〉、4 號〈射箭〉。2 號〈水上芭蕾〉第一名、1 號〈舉重〉第二名。2 號〈水上芭蕾〉的古典辭語和意態運用都比較成熟，以古典詩來說算是成熟的作品。1 號〈舉重〉第二名是因為有點像是賦予國家使命，像是上依年代的詩，有點偏離現代感。3 號給人有種說教的感覺，讓我印象不太好。不過這主要還是我自己欣賞詩的角度。其實 4 號〈射箭〉也是像說教，這是否是學生的習慣？

吳東晟：學生作品確實習慣說道理。我倒是有一個想法，前四首最有體育競賽感覺仍是 1 號，在讀的時候確實是有畫面，透過舉重兼及運動與家國論述。若論及體育運動的生動感，1 號是最強的。4 號太過古雅，反而有點與主題「體育」有點距離。

李宜學：三位老師都已談完心目中的前幾篇，接下來先請各位老師排序自己心目中的前十三名，第一名一分、第二名二分，以此類推。

○○一〈舉重〉：5 分。（李宜學 2 分、吳東晟 1 分、陳文崟 2 分）

○○二〈水上芭蕾〉：5 分。（李宜學 1 分、吳東晟 3 分、陳文崟 1 分）

○○三〈大隊接力參賽有感〉：9 分。（李宜學 4 分、吳東晟 2 分、陳文崟 3 分）

○○四〈射箭〉：11 分。（李宜學 3 分、吳東晟 4 分、陳文崟 4 分）

○○六〈短跑〉：29 分。（李宜學 8 分、吳東晟 9 分、陳文崟 12 分）

○○七〈龍舟競渡〉：35 分。（李宜學 11 分、吳東晟 11 分、陳文崟 13 分）

○一一〈職棒〉：24 分。（李宜學 9 分、吳東晟 7 分、陳文崟 8 分）

○一六〈籃球〉：24 分。（李宜學 10 分、吳東晟 5 分、陳文崟 9 分）

○一八〈跳水〉：16 分。（李宜學 5 分、吳東晟 6 分、陳文崟 5 分）

○二一〈體操〉：23 分。（李宜學 6 分、吳東晟 10 分、陳文崟 7 分）

○二六〈詠馬拉松〉：31 分。（李宜學 12 分、吳東晟 13 分、陳文崟 6 分）

○二八〈跳水〉：36 分。（李宜學 13 分、吳東晟 12 分、陳文崟 11 分）

○二九〈觀中國舞有感〉：25 分。（李宜學 7 分、吳東晟 8 分、陳文崟 10 分）

李宜學：經統計○○一〈舉重〉與○○二〈水上芭蕾〉同分，是否請兩位老師討論誰排前面？

吳東晟：我覺得〈水上芭蕾〉比較好。

陳文崟：我也認為如此。

李宜學：好的，那○○二〈水上芭蕾〉排序第一，○○一〈舉重〉排
序第二。

李宜學：另外○一一〈職棒〉與○一六〈籃球〉也是同分，兩位老師
覺得如何？

吳東晟：我喜歡〈籃球〉，但因首句不押韻，所以沒有納入我前三名。

李宜學：我認為〈職棒〉比較前面。

陳文崶：我自己是投〈職棒〉。〈籃球〉我沒有選不是在於首句是否
押韻，但是「持球破」讀來太順，不像古典詩語彙。

李宜學：那就決定○一一〈職棒〉排序第七，○一六〈籃球〉排序第八。

　　經評審討論後：首獎為○○二〈水上芭蕾〉，優選為○○一〈舉
重〉、○○三〈大隊接力參賽有感〉，佳作依序為○○四〈射箭〉、
○一八〈跳水〉、○二一〈體操〉、○一一〈職棒〉、○一六〈籃球〉、
○二九〈觀中國舞有感〉、○○六〈短跑〉、○二六〈詠馬拉松〉、
○○七〈龍舟競渡〉、○二八〈跳水〉。

天籟組

題目：選擇一位「臺灣詩壇先賢」吟詠，題目自訂。

體裁：七言律詩一首，限平聲韻目（以平水韻為準）。

※ 先賢限定已不在世者。

決審：吳東晟先生（乾坤詩刊古典詩主編）

　　　李宜學先生（國立中央大學中文系副教授）

　　　陳文峯先生（《全唐詩》探研人）

首獎
林占梅　　　　　　　　　　　　　　　　洪淑珍

和靖家風素自將，潛園才藻煥芬芳。

養梅為伴琴書趣，邀會時飄茗酒香。

一幟奇勳平禍亂，八廚高節惠邦鄉。

胸懷曠達詩清越，獨立典型譽海疆。

優選
張作梅　　　　　　　　　　　　　　　　陳文識

招賢立苑壯文翰，喚月呼風李杜壇。

四海新聲添錦繡，三臺彩筆競波瀾。

詩鐘示範詞流遠，瑣稿攄懷藝境寬。

豪傑天生擔大任，功成盡瘁幾辛酸？

註：張作梅（1908-1973）；福建金門人，二戰後來臺經商，旋即戮力推廣古典詩。曾任《中華詩苑》、《中華藝苑》發行人兼編輯。詩有《一霞瑣稿》，編訂《中華詩學叢論》、《詩鐘集粹》等書。

優選
張夢機　　　　　　　　　　　　　　　　張家菀

流雲散入詩人筆，天命孤清坐彈丸。

蝶夢都隨藥煙遠，蝸居強作病容寬。

江湖挂眼懸懸月，文字銜悲惻惻寒。

萬物關連拋妙想，且收山色在書端。

佳作

讀新竹舉人鄭家珍詩文有懷　　　　　　　　余美瑛

竹塹南安暫借安，耕心述穀育馨蘭。

原鄉客地愁雲白，月夕花朝折桂丹。

來往買舟飄若葉，推敲作筆湧如瀾。

追新有惜璵璠器，鯤島原來可大觀。

佳作

夜夢文華夫子有記　　　　　　　　　　　　林宸帆

避去爪哇家萬里，瀛洲存歿一生詩。

夢逢孰信為虛幻，寐覺自知重別離。

無可奈何人又逝，情非得已念相隨。

豈憎天道不仁甚，祇怪吟魂時所欺。

註：先生為印尼華僑，早年因當地排華來台，庚子夏病逝滬尾。

佳作

丘逢甲　　　　　　　　　　　　　　　　　王文宗

朝廷割地孤臣憤，暫脫儒衣舞虎旗。

鐵筆沙場收馬革，輕舠滄海效鴟夷。

議和讓土殊堪恨，棄島偷生亦可悲。

終是青衫憂國事，徒留數首念台詩。

佳作
緬懷張國裕夫子　　　　　　　　　　　　　　　　林　顏

稻江碩彥眾尊崇，天籟傳薪志不窮。

洋溢才華弘六義，清奇文藻冠群雄。

商場稛載蜚聲遠，木鐸頻敲筆陣融。

聖道遺徽憑繼起，詩懷張老頌高風。

佳作
詠施士洁先賢　　　　　　　　　　　　　　　　　周麗玲

祖源家學深涵養，穎悟超凡雛鳥鳴。

父子登科雙進士，蓬萊書史獨施卿。

掌持西席皆崇院，傳授門徒盡盛名。

風月菽莊容醉隱，鏖詩酬唱度殘生。

佳作
百歲詩人游金華　　　　　　　　　　　　　　　　林志賢

民國開元夫子生，百年風雨立身行。

曾逢世亂文兼武，更歷家貧讀復耕。

才學未教環境挫，功名猶仗克勤成。

人間留得詩千首，盡是胸懷跌宕聲。

佳作
台灣詩壇先賢沈光文　　　　　　　　　　　　吳秀真

　　台灣孔子譽騷堂，文獻祖師風範彰。

　　流寓鯤洋逾卅載，盛衰鄭氏歷三王。

　　藥壺濟世仁心宅，絳帳傳徒正道匡。

　　絕代詩豪凌壯志，斯庵德澤自留芳。

佳作
詠台灣詩壇先賢－凌淨嫆　　　　　　　　　　翁惠眭

　　月夜春江浮眼前，真珠吟調意纏綿。

　　溶消俗氣聲聲澈，喚起詩魂處處牽。

　　歷昔騷壇人仰慕，迄今才女眾稱賢。

　　元音詠唱原經典，追遠聆聽物外遷。

佳作
乙未丘逢甲　　　　　　　　　　　　　　　　陳春祿

　　驚聞乙未爇烽煙，旋踵景崧音斷聯。

　　太息陸沉潛彼岸，渾疑餉失濁台賢。

　　民兵效死攖鋒鏑，儒將偷生賈禍愆。

　　不若田橫刀一快，嶺雲海日肯幽眠。

佳作

戎庵詠 張素娥

戎庵千古性情人，直率風流一字真。

北討南征功在國，深思好學筆如神。

承先啟後無推託，培李栽桃有得仁。

騷客求門言不盡，批評教諭點迷津。

註：羅尚先生，號戎庵。

天籟組總評

吳東晟

　　本次天籟組共收到十八首社員作品。徵詩主題「臺灣詩壇先賢」，參賽作品，或詠古人名人、或憶師友交遊，大體均貼切主題。評審過程中，考量其格律的正確、對仗之工穩、造語之雅馴、命意之湛深，經討論而評定甲乙。大體名次較高者，都是完成度較高、語病較少、面面俱到者。〈林占梅〉工穩完整，對潛園主人在文學、園林、琴、詩人雅會、軍事、財富諸方面特色，均有所照顧，形象立體，堪稱面面俱到。〈張作梅〉亦為工穩完整之作，詩中著重表揚張作梅的諸多文學貢獻，惜結句稍蕭颯。〈張夢機〉以藥樓之疾病書寫切入，寫其染痾之文學形象。文筆清麗，首尾句尤能相互呼應。然首句未押韻亦未對仗、「書端」為協平仄而造語生澀，在比賽詩中較為吃虧。

天籟組決審會議紀錄

會議時間：二○二○年十一月廿一日（星期六）下午三時

會議地點：天仁喫茶趣中山店（臺北市中山北路五段 570 號）

評審委員（依姓氏筆畫序）：

吳東晟先生（乾坤詩刊古典詩主編）

李宜學先生（國立中央大學中文系副教授）

陳文崒先生（《全唐詩》探研人）

列席（依姓氏筆畫序）：

張富鈞（臺北市天籟吟社總幹事）

楊維仁（臺北市天籟吟社理事長）

紀錄：

何維剛（臺北市天籟吟社社員）

　　會議先由主辦單位報告「2020 天籟詩獎天籟組」之參賽情形。本屆徵詩題目為：「以『臺灣詩壇先賢』為範圍，創作七言律詩一首，題目自訂。限臺北市天籟吟社社員參賽。」共收到十八件作品，經三位決審老師各選十三件，共產生十四份入圍作品，預計於今天選出首獎一位，優選二位，佳作十位，得依評審會議決議從缺或增額錄取。

　　會議中公推李宜學老師擔任會議主席，主席先請決審委員就作品的整體品質以及評審標準作一共識性的討論，再進行評選。

李宜學：接下來進入天籟組的討論，這次共 18 篇，入圍十四件。有沒

有老師要先表達意見的？

吳東晟：○○七我要放棄，因為第七句孤平。

李宜學：是否還有要先行放棄其他入圍作品？如果沒有，十三件剛好是獎項總額。請各位老師先排一下自己心目中的順序，再請三位老師討論前三名。

陳文峯：我的第一名是○一一〈張作梅〉。雖然我不認識張作梅先生，整體來看透過這首詩可以知道張先生的過往和詩壇成就。不過第五句有點口語，算是瑕疵。第二名是○○三〈林占梅〉，對仗成熟。第三名和第四名並列，各為○一五〈緬懷張國裕夫子〉和○○五〈張夢機〉。張夢機這首「坐彈丸」意義不明，有點小瑕疵。○一五〈緬懷張國裕夫子〉，第六句「頻敲」有點互文，對仗可以，但是不太成功。

吳東晟：我也是對○一五〈緬懷張國裕夫子〉的對仗問題有點意見。

吳東晟：我喜歡的幾首因為首句不入韻，反而名次較後面。現在第一名是○○一〈讀新竹舉人鄭家珍詩文有懷〉，整體很完整，以擊缽來說照顧詩人身世、事蹟等面向都有照顧到，我不見得特別喜歡，但是應有的部分都寫到了。第二名○一一〈張作梅〉。張夢機推崇臺灣十家有選張作梅，他的籍貫是金門，也是唯一不是臺灣人的臺灣十家。○一一這首基本很穩，也寫得很完整，文字上和第一名差不多，但若排順序，我只會排第二。另一個原因我不喜歡詩作中註釋太多，會影響到詩作的閱讀。註釋的訊息雖然不至於影響閱讀，但是現今詩壇很多在註解中過於繁複、甚至夾雜個人情感，不是太好的現

象。第三名是○○三〈林占梅〉。「養梅」對「邀會」有點
不太工整，但兩聯之中第三聯就工整得多。這首詩也是對林
占梅的事跡和形象突顯出來，也值得鼓勵。其實○○八〈丘
逢甲〉也寫得很好，對仗就不太好，〈張夢機〉那首文筆很好，
「坐彈丸」應該是指其困在彈丸之地。○一八〈夜夢文華夫
子有記〉我也覺得可以

陳文峯：○一八我覺得結句有點散掉。

吳東晟：○一八有點打動我，其他很多都是各方面照顧到，但是這首
　　　　是以追懷情誼為主，但以完整性來說，我還是以敘述完整者
　　　　分數較高。

李宜學：我自己前幾名有過調整，目前一名是○○五〈張夢機〉，我
　　　　們瞭解的張老師往往有先入為主的成見，因此我後來在讀的
　　　　時候，試圖跳開以往認識的成見，單純以詩的角度來看。「坐
　　　　彈丸」我是理解老師困在藥樓、無法移動，困坐彈丸之地，
　　　　因此對來說我並沒有讀不通的問題。第二聯我覺得很切合張
　　　　夢機老師的形象，但是第三聯相對於第二聯有點弱掉。我是
　　　　欣賞這首的起句與結句，有前後呼應的一氣呵成，我原本在
　　　　想最後一句是否想寫「且收山色在筆端」，可能為求格律所
　　　　以把「筆端」改為「書端」。第二名是○○三〈林占梅〉，
　　　　這篇我主要覺得四平八穩，前面用巧思把林占梅和林和靖結
　　　　合一起，中間兩聯對仗飽滿，勾勒出林占梅的形象，也沒有
　　　　合掌對的問題，例如○○一〈讀新竹舉人鄭家珍詩文有懷〉
　　　　這首第三聯就有對偶問題、○○二〈詠施士洁先賢〉也是有
　　　　對仗問題，相對於此○○三〈林占梅〉對仗二聯都很平整。

但是結句有點直露，以七律來說平穩工整，問題較小。第三名是○一八〈夜夢文華夫子有記〉文華老師這篇，因為題目是「夜夢」，原本覺得有點不太切題，但因有「夢」可以構成全篇。第二聯寫夢中遇到文華老師，夢覺之後才知別離。有點問題是第三聯上句，第二聯已經確認夢醒，第三聯「人又逝」，前後的文氣與邏輯有點問題。但是整體詩句還是比較感人。我的第四名是○一一〈張作梅〉，第五名是○○一〈讀新竹舉人鄭家珍詩文有懷〉，是我比較前面的幾篇。後面幾篇就要再重新排序。

陳文崒：關於○○八〈丘逢甲〉這首，我覺得「讓土」有點重複。

吳東晟：「效鴟夷」是丘逢甲自道，這首比○○九的丘逢甲更好。

李宜學：兩首丘逢甲我也是○○八比較前面。其他幾首有老師還要再提出優點嗎？

吳東晟：○○二〈詠施士洁先賢〉的這首對仗比較寬，「登科」、「書史」好像對得不好。

陳文崒：我自己是寫對仗不工。

吳東晟：施本是進士，確實是先賢，但問題是他也只是詩人，沒有更好的發展。像「西席」、「門徒」，「進士」、「施卿」都對得太寬。這首的對仗不夠巧妙，分數可能要再斟酌。○一二〈百歲詩人游金華〉我沒選，是因為「環境挫」、「克勤成」，對仗不好。

陳文崒：「曾逢」、「更歷」作為起字，有點過虛。

吳東晟：○一三〈戎庵詠〉我覺得中間幾句太重複，「北討」、「南征」…

陳文崟：都用當句對，缺少變化。而且意思也沒有很完備，「騷客求門」意義不明。

李宜學：○一三〈戎庵詠〉是我選完之後一輪最後補入的一首。

李宜學：三位老師都已談完心目中的前幾篇，接下來先請各位老師排序自己心目中的前十三名，第一名一分、第二名二分，以此類推。

○○一〈讀新竹舉人鄭家珍詩文有懷〉：12分。（李宜學 5 分、吳東晟 2 分、陳文崟 5 分）

○○二〈詠施士洁先賢〉：21分。（李宜學 8 分、吳東晟 13 分、陳文崟 10 分）

○○三〈林占梅〉：5分。（李宜學 2 分、吳東晟 1 分、陳文崟 2 分）

○○五〈張夢機〉：10分。（李宜學 1 分、吳東晟 5 分、陳文崟 4 分）

○○六〈詠臺灣詩壇先賢－凌淨嫆〉：29分。（李宜學 9 分、吳東晟 9 分、陳文崟 11 分）

○○八〈丘逢甲〉：19分。（李宜學 6 分、吳東晟 4 分、陳文崟 9 分）

○○九〈乙未丘逢甲〉：35分。（李宜學 12 分、吳東晟 10 分、陳文崟 13 分）

〇一一〈張作梅〉：8分。（李宜學 4 分、吳東晟 3 分、陳文峯 1 分）

〇一二〈百歲詩人游金華〉：26 分。（李宜學 7 分、吳東晟 12 分、陳文峯 7 分）

〇一三〈戎庵詠〉：36 分。（李宜學 13 分、吳東晟 11 分、陳文峯 12 分）

〇一四〈台灣詩壇先賢沈光文〉：26 分。（李宜學 10 分、吳東晟 8 分、陳文峯 8 分）

〇一五〈緬懷張國裕夫子〉：21 分。（李宜學 11 分、吳東晟 7 分、陳文峯 3 分）

〇一八〈夜夢文華夫子有記〉：15 分。（李宜學 3 分、吳東晟 6 分、陳文峯 6 分）

李宜學：經統計〇〇二〈詠施士洁先賢〉與〇一五〈緬懷張國裕夫子〉同分，是否請兩位老師討論誰排前面？

陳文峯：〈緬懷張國裕夫子〉瑕疵比較少，〈詠施士洁先賢〉那首對仗比較不穩。

吳東晟：〈詠施士洁先賢〉借對太兒，兩首我是傾向〈緬懷張國裕夫子〉名次較前。

李宜學：我是覺得〈緬懷張國裕夫子〉比較一般，但若兩位老師認為對仗有問題，我也不堅持。那麼就是〇一五〈緬懷張國裕夫子〉排序第七，〇〇二〈詠施士洁先賢〉排序第八。

李宜學：另外〇一二〈百歲詩人游金華〉與〇一四〈台灣詩壇先賢沈

　　光文〉也是同分，兩位老師覺得如何？

陳文峯：我覺得〈百歲詩人游金華〉第三聯對仗不太工整，但是我覺得用字有點俗，這兩首對我來說差異不大。

吳東晟：我本來給〈百歲詩人游金華〉比較低，原因是這首有對仗問題。但若扣除這點，游金華其實比較好，選材也不是拿家喻戶曉的人物來寫，可見選才用心。內容上〈台灣詩壇先賢沈光文〉這首就覺得從選題到書寫，就不是那麼用心。相形之下我認為二選一游金華是優於沈光文這首。

李宜學：這兩首的對仗都有問題，整體來看〈百歲詩人游金華〉的尾聯比較好，稍勝一籌。

吳東晟：〈台灣詩壇先賢沈光文〉這首有點像是初學者所作，遣詞用字還不太成熟。

李宜學：那麼就是〇一二〈百歲詩人游金華〉排序第九，〇一四〈台灣詩壇先賢沈光文〉排序第十。

　　經評審討論後，首獎為〇〇三〈林占梅〉，優選為〇一一〈張作梅〉、〇〇五〈張夢機〉，佳作依序為〇〇一〈讀新竹舉人鄭家珍詩文有懷〉、〇一八〈夜夢文華夫子有記〉、〇〇八〈丘逢甲〉、〇一五〈緬懷張國裕夫子〉、〇〇二〈詠施士洁先賢〉、〇一二〈百歲詩人游金華〉、〇一四〈台灣詩壇先賢沈光文〉、〇〇六〈詠臺灣詩壇先賢－凌淨嫆〉、〇〇九〈乙未丘逢甲〉、〇一三〈戎庵詠〉。

2021 天籟詩獎

頒獎典禮
2021 年 12 月 19 日
國立臺灣大學圖書館國際會議廳

社會組

題目：以「2020 奧運」為範圍，人事物不限，題目自訂，不必聯章。

體裁：七律、五律、七絕、五絕各一首，限平聲韻目（以平水韻為準）。

初審：陳建男先生（國立臺灣大學中文系兼任助理教授）

張家菀女史（臺北市天籟吟社副總幹事）

曾麗華女史（藍田書院詩學研究社總幹事）

複審：李玉璽先生（國立虎尾科技大學通識教育中心教授）

張韶祁先生（世新大學中文系助理教授）

楊東慶先生（中華民國傳統詩學會監事）

決審：李宜學先生（國立中央大學中文系副教授）

李知灝先生（國立中正大學台文創所所長）

林文龍先生（國史館臺灣文獻館退休研究員）

首獎
東京奧運觀感四首　　　　　　　　　　　　　　鄭景升

奧運延期

開場獨待射鵰人，卻被風霾耽一春。

幸得東君深有意，偏從雪裡逗精神。

疫中開幕

久念群豪逐鹿姿，不言狂雨誤前期。

英雄卻看風雷處，氣骨相撐霜雪時。

論劍峰巔同笑傲，屠龍海上各傳奇。

倚天光射寒雲出，遍許人間一展眉。

奪牌觀賽

安知扛鼎重，休說羽毛輕。

過拍球無影，離弓箭有聲。

剛柔研究得，身手鍊磨成。

鞍馬崢嶸路，終須高處鳴。

桌球教父

青春揮灑盡，依舊領風騷。

來去終無悔，何曾老寶刀。

優選
觀東奧賽事感懷等四首　　　　　　　　　　　　吳忠勇

觀東奧賽事感懷

疫癘侵寰宇，憂煩亦百端。

懸知非議甚，到底決心難。

競技何爭勝，懷仁共得懽。

古來君子誼，詎料此中看。

註：卡達跳高選手 Barshim 原能獨得金牌，卻願與對手分享勝利，令
人讚嘆。

臺灣代表隊獲佳績喜賦

銀光晃耀奪先聲，舉國歡騰杯酒傾。

時看扶桑傳捷報，欣聽屏幕說鯤瀛。

麟洋力戰終稱霸，笑淚旋催自有情。

鐵翼搏飛豪氣壯，鴻圖更待賦西征。

註：開賽首日阿美族楊勇緯率先奪得柔道銀牌，男子羽球雙打王齊麟、
李洋擊敗中國隊獲金牌，期待巴黎奧運臺灣隊再創佳績。

拳擊—黃筱雯

春到貧家幸未遲，瘀痕褪盡煥英姿。

花開總待霜風後，擎起臺陽是女兒。

註：筱雯祖父及父親皆夫妻離異，父三次入獄由祖父撫養。曾自豪言：
傷痕都是戰績。其左手上臂有臺灣形狀之刺青，此次為我國奪下
奧運拳擊史上第一面銅牌。

老將—莊智淵

奔波逾廿載，鏖戰乃平生。

豈識凌雲志，千金一羽輕。

註：老將五度征戰奧運，早年獨資數千萬成立桌球運動館培育新秀。

優選
揚威東奧—東奧中華隊獲二金四銀六銅等四首　　龔必強

揚威東奧—東奧中華隊獲二金四銀六銅

　　癘疫聲中奧運開，健兒爭得獎牌回。

　　跆拳破敵傳千古，射箭穿楊震九垓。

　　資穎揮球玄女技，婞淳舉重項王才。

　　強身強國贏佳績，彪炳功勳宇量恢。

註：玄女：九天玄女，相傳助黃帝打敗蚩尤。

　　　項王：西楚霸王項羽。

羽球雙拍—王齊麟、李洋羽球雙打金牌

　　麟洋雙猛虎，一戰立威名。

　　揮拍驍龍勇，殺球強敵驚。

　　進攻誇鐵漢，回守固金城。

　　東奧初圓夢，鯤鵬萬里程。

雷霆一擊—小將羅嘉翎勇奪跆拳道銅牌

　　犢子心無懼，鷹揚耀武威。

　　佳人身手健，一搏獎牌歸。

舉重若輕—舉重女神郭婞淳奪金

　　女身項羽力無窮，懾服群豪不世功。

　　舉重猶如舉毛髮，英雌信是勝英雄。

佳作

2020 奧運選手感人時刻四詠　　　　　　　　　林勇志

男子桌球單打：莊智淵

卅歲風雲意氣揚，單刀赴會戰球場；

金牌豈獨馳聲譽，鐵膽還應爭國光。

欲遣壯心天下識，莫教雄劍匣中藏；

座虛一席誰知得，總為思親懷北堂。

註：桌球教父莊智淵在東奧於 16 強止步，但比賽中莊智淵身旁沒有教練，儘管中華桌球代表隊原有安排教練，但因莊智淵想把這個位置留給他媽媽，所以決定一人獨上戰場。

女子羽球單打：戴姿穎與辛度

雙姝交誼深，高義兩相欽；

球擊風姿颯，羽飛兵氣森。

場中猶敵手，賽後復知音；

一擁須傾淚，輸贏莫逆心。

註：戴姿穎與印度選手辛度相識於羽球場上，曾多次交手，場上她們以實力交流；而場下互相勉勵，兩人是敵也是友。戴姿穎在女子羽毛球單打，因不敵中國陳雨菲而摘銀。賽後戴姿穎獲得辛度一個無比溫暖的擁抱，辛度緊抱著戴姿穎給予安慰，當刻，場上氣勢強悍的球后被辛度的真誠鼓勵打動，在昔日對手的懷裡大哭！

男子跳高：**Mutaz Essa Barshim** 與 **Gianmarco Tamberi**

一躍龍門百倍聲，爭高奪冠本人情；

英雄方識惺相惜，願許雙金共美成。

註：卡達選手 Mutaz Essa Barshim 和意大利選手 Gianmarco Tamberi 在男子跳高金牌戰中勢均力敵，當他們都於 2 米 39 三跳失敗時，原有很大機會可獨佔金牌的 Barshim 主動提出「我們可以有兩面金牌嗎？」Barshim 提出以「雙冠」來結束決賽，令在場裁判與眾人為之動容。

男子雙人跳水：**Tom Daley**

龍躍勢潛淵，今朝登碧天；

不因同志愧，顯耀世人前。

註：有「英國跳水王子」之稱的 Tom Daley，十年前公開與同志戀人交往，其後受反同人士批評。2020 東奧摘金時刻 Tom Daley：「我很驕傲地說我是同性戀，也是奧運冠軍。」

佳作
2020 東奧臺灣英雄凱旋紀事　　　　　　　　林綉真

勇奪十二面獎牌

　　臺灣體將誓征東，勇奪金銀復奪銅；

　　十二獎牌誠創舉，百千國手定成功。

　　今朝耀武風雲際，來日垂名汗史中；

　　賽事雖知如戰事，不消戈戟亦英雄。

幻象戰機護航歸國

　　跨海欲揚威，功成著錦衣；

　　獎牌崇氣象，聲績彩光輝。

　　競賽爭勳業，回航扈戰機；

　　排雲翔碧落，眾望凱旋歸。

東奧中華隊凱旋派對

　　選手領風騷，奉迎儀禮高；

　　青雲紅毯上，際會盡英豪。

郭婞淳凱旋派對上代表致詞

　　致詞豪闊動心顏，女將奪金今凱還；

　　願得國人襄鼎力，定教寰宇識臺灣。

佳作
2020 奧運　　　　　　　　　　　　　　　　**巫漢增**

龍爭東奧士氣多

　　東京奧運喜開鑼，因疫期延一載過，
　　萬國菁英齊奪錦，五洲強將競登科；
　　摘金較勁人心奮，鬥虎爭鋒士氣多，
　　可惜無緣觀眾賞，輸贏自若莫顏酡。

紅嬋跳水撼山河

　　首度征東奧，紅嬋亮點多，
　　精神誇抖擻，訓練耐嚴苛；
　　十尺高台躍，滿分超次羅，
　　水花消失術，記錄撼山河。

中華勇奪雙面金

　　中華逐鹿競風雲，東奧爭先技冠群，
　　雙勇羽球掄眾首，一英舉重挺千斤。

鞍馬王子李智凱

　　鞍馬稱王子，翻身氣勢峨，
　　迴旋湯瑪士，完美眾謳歌。

佳作

東奧四詠　　　　　　　　　　　　　　　　　李彥瑩

觀開幕典禮

　　海內健兒追夢行，英華煥發會東瀛。

　　遙觀聖火綿延遞，此際青春猶再生。

觀擊劍

　　十載舞中宵，今時場上昭。

　　弓如蛟伏海，騰若隼凌霄。

　　精技毫釐展，豪情鋒鍔挑。

　　刃游方寸裡，伸屈任逍遙。

觀選手郭婞淳舉重

　　泰嶽當前慷慨任，身蹲息屏玉肩沉。

　　蛾眉不皺扛千鼎，藕臂長伸挺一金。

　　獨見香腮霞色爛，誰憐素手血痕深。

　　萬鈞加頂承何重，捷訊傳來淚已涔。

觀麟洋配羽球賽

　　競技會雲巔，凝神共比肩。

　　莫輕鴻羽小，金石契為堅。

佳作
桌球等四首 郭秀梅

桌球

教父五朝登奧場，神童沈穩戰球王。
交鋒對手心無畏，蓬島英雄氣勢揚。

東京奧運

競技東京奧運場，丹心壯志氣高昂。
連番鏖戰功名立，舉國誇稱史冊彰。
聖火傳薪情浩浩，寰球矚目樂洋洋。
獎牌閃爍英姿煥，冉冉旌旗暖肺腸。

鞍馬王子

迴旋鞍馬背，東奧秀英姿。
幼少凌雲志，銀牌喜展眉。

羽球雙雄

東奧初征戰，齊麟默契隆。
防維堅似壘，進擊疾如風。
苦練成高技，揚威建偉功。
臺灣迎勝事，幻象伴英雄。

佳作
2020 東奧風雲等四首　　　　　　　　　　簡華祥

2020 東奧風雲

五環高掛煥光輝，又見東京萬國旂。

疫癘猶嚴從世變，英豪久待展神威。

十年磨劍心尤烈，一旦登場願豈違。

電視勤看毋眨眼，宇寰關注不關機。

羽金雙傑

麟洋雙羽將，東奧展奇才。

拍落狂飛雨，球奔猛迅雷。

高情無芥蒂，妙契不疑猜。

奪錦榮邦國，英名震九陔。

林昀儒

小林同學譽金孫，十載揚威戰績存。

沉默不驕崇品格，桌球場上得乾坤。

婞淳頌

拔山欽項羽，舉重婞淳崇。

神力無人敵，金牌入掌中。

佳作
2020 東京奧運電視觀賽感作四題　　　　　陳文苑

觀開幕式有感

奧運牽延疫未除，兢兢揭幕客來疏。

五洲豪傑東瀛會，競技精神效往初。

註：奧林匹克運動會簡稱奧運會、奧運。東京奧運因新冠肺炎疫情嚴
　　峻，不開放民眾入場觀賽。

欣見臺灣選手連獲佳績

聖火點燃雷鼓鳴，臺灣健將撼旗旌。

跆拳掃腿誰能擋，鞍馬騰身眾所驚。

舉重單扛成獨霸，羽球雙打奪頭名。

揚威海外英雄榜，背後辛酸感世情。

註：本屆奧運臺灣獲得二金牌、四銀牌及六銅牌，共計十二面獎牌，
　　締造史上最佳成績。

賀黃筱雯競奪拳擊銅牌

瘦骨磨如鐵，揮拳逆境開。

家貧懷志氣，苦練勝期來。

註：黃筱雯身材修長纖瘦，經十年千錘百鍊，為臺灣拿下奧運第一面
　　拳擊獎牌。

賀郭婞淳競奪舉重金牌

巾幗施神力，槓鈴誰及鋒。

舊傷仍隱忍，新志自從容。

奮臂今鳴世，凱歌將亢宗。

何憂遭挫折，淬鍊作人龍。

註：據郭婞淳云：「相信所有的挫折，都是最好的安排。」

佳作
東奧四首 　　　　　　　　　　　　　　　　許朝發

聞選手坐經濟艙官員搭商務艙有懷

鐵翼向征航，窄廊愁棟樑。

伸才礙伸足，官自倚官艙。

郭婞淳抓舉挺舉均破世界紀錄

寰宇聚諸彥，霸雌唯一人。

始抓驚四座，再挺奮群民。

意氣千鈞力，從容半點顰。

而今稱國士，不遜丈夫身。

聞奧運選手馬術零分痛哭戲作之

櫪下跼蹄何所圖，主人虧簣哭窮途。

孫陽如說千金骨，不似烏騅似的盧。

觀戴資穎和陳雨菲奧運金牌戰

如龍如虎兩臨戎，王者威稜君子風。

轉瞬流星相錯落，無時疾足逐西東。

白翎箭及邊城外，青眼人鑒異域中。

競技自須分甲乙，奪銀勳望已銘功。

佳作
2020 奧運四首　　　　　　　　　　　　　　　　劉坤治

詠東奧羽球戴資穎

> 飛聲早已高民氣，舉手真能振國魂。
>
> 揮拍凝神流電激，發球墜影挾雷奔。
>
> 功成誰見勤身力，戰定回看盡汗痕。
>
> 絕技螢前光四射，分明勝敗事難論。

詠東奧桌球之光林昀儒

> 初生無畏虎，直起欲降龍。
>
> 球落奔如電，身移捷若鋒。
>
> 聲名翻海立，氣勢挾雲從。
>
> 志繼光前業，勳存紀勝蹤。

詠東奧台灣英雄

> 素知政治分顏色，今見英雄聚國心。
>
> 賽上健兒頻喘汗，加油聲裡勇爭金。

詠東奧跳水金牌全紅嬋

> 彈板凌空躍，翻騰轉體鑽。
>
> 水花消失術，多少苦辛酸。

佳作
詠東奧英雄   曾素香

麟洋世無雙

> 麟洋絕配戰難關，首獎崇高不易攀。
>
> 跨步飛移輕挑羽，躍身快殺重排山。
>
> 堅強鐵漢熬孤寂，閃亮金牌展笑顏。
>
> 蓬島光芒揚世宇，山川壯麗頌臺灣。

鞍馬王子李智信奪銀

> 翻滾男孩奠立基，體操鞍馬秀英姿。
>
> 翩然落地真完美，喜奪銀牌展笑眉。

舉重女神郭婞淳奪金

> 舉重力無窮，淳神氣貫虹。
>
> 基因藏底蘊，環境促圓融。
>
> 療腿先前苦，拿金後世崇。
>
> 刷新多項目，奧運建奇功。

混雙銅牌林昀儒潛力無窮

> 桌壇黑旋風，寶島出神童。
>
> 新秀揚東奧，前途氣似虹。

社會組總評

李宜學

　　本次詩獎，社會組主題以「2020 奧運」為範圍，不限人事物。來稿共五十六件，經初審、複審，最終有十九件進入決審。整體而言，這十九件詩作均能扣緊主題發揮，或寫個別賽事，或論總體表現；或為奪牌者歡呼，或為錯失獎牌者惋惜，鮮有嚴重離題的情況。分別而言，其優者，除能扣緊主題外，尚能做到用字雅馴，句法老練，甚至融古於今，渾化無跡，不流於歌頌、批判，符合溫柔敦厚之旨。至於將體育新聞用詞直接入詩、逕用成語、拆裂成詞，則為此次詩獎較常見，而猶待精進的地方。

青年組

題目：任選一種「現代文具」吟詠，題目自訂。

體裁：七言絕句一首，限平聲韻目（以平水韻為準）。

初審：陳建男先生（國立臺灣大學中文系兼任助理教授）

　　　張家菀女史（臺北市天籟吟社副總幹事）

　　　曾麗華女史（藍田書院詩學研究社總幹事）

決審：吳雁門先生（大紀元時報專欄主筆）

　　　鄭世欽先生（高雄市詩人協會常務理事）

　　　賴欣陽先生（國立臺北大學兼任助理教授）

首獎

修正帶　　　　　　　　　　　　　　　　　　　顏子碩

長苦言詞多是非，秉心修正志無違；

欲將清白留塵俗，何惜微軀帶減圍。

優選

鉛筆　　　　　　　　　　　　　　　　　　　　張芷綾

擬句千修枯骨盡，削身催命老臣悲。

昌黎作傳憐毛穎，替汝難平又是誰？

優選

修正液　　　　　　　　　　　　　　　　　　　許育阡

意入文間留素影，幾番讎校盡精神。

徐行不畏前時誤，字裡凝來雪色新。

佳作

計算機　　　　　　　　　　　　　　　　　　　孫翊宸

定數乘除一鍵通，此君在手利於功；

萬般誰識歸零好，莫陷紛繁算計中。

佳作
詠尺　　　　　　　　　　　　　　　　　　　　江俊億

千偵百測無偏倚，子午東西有刻痕。

較短量長深忖度，齊觀比量愜心門。

佳作
題彩印墊板　　　　　　　　　　　　　　　　　陳坤第

君為翰墨子為臣，不予朱玄染芥塵。

忍委文衣猶試藝，風華用盡換刀身。

佳作
紙膠帶　　　　　　　　　　　　　　　　　　　王芃雯

五尺蒼茫彩墨稠，纖裁一捲裏圓周。

身微亦有凌雲志，要展鴻圖萬紙遊。

佳作
嘗用圓規有悟　　　　　　　　　　　　　　　　吳韋諒

鉛管尖針對陣橫，不時轉繞占漕城。

大環圈二彎流畫，太極陰陽反輔生。

佳作
橡皮擦　　　　　　　　　　　　　　　　　　　　羅健祐

小巧晶瑩似玉磚，輕揉陋誤漸身圓。

捐軀為覓琳琅句，化作千絲就錦篇。

佳作
鉛筆　　　　　　　　　　　　　　　　　　　　　簡子翔

足過荒煙留性情，域疆還見畫心聲。

不辭勞碌隨君意，窮盡墨魂詩賦成。

佳作
筆紙文戰　　　　　　　　　　　　　　　　　　　莊馥璟

赭桿烏尖筆似刀，霜衣素氅紙如旄。

揮兵展蠹波瀾會，白帛奔流萬字濤。

佳作
信紙　　　　　　　　　　　　　　　　　　　　　朱凱莉

輕盈片絮盡思哀，絹白方書寄鯉來。

紙上難言痴妄夢，何來尺素惹塵埃。

佳作

鉛筆盒 李 杰

方聞鐘鼓已興戎，投筆張弓築甲艫（註）。

出水火龍驚四座，戰酣半刻意猶雄。

註：盒亦能為舟，上置石砲弓弩，鏖戰鄰桌。

青年組總評

吳雁門

詩思噴薄　詠「現代文具」青年組想像奇！

2021 天籟詩獎青年組，初審後有二十七件作品進入決審，決審勾選十三件入圍，經討論確認首獎一名，優選二名及佳作十名。

體例七絕，吟詠主題任選一種「現代文具」，可謂詠物詩之現代版。一般詠物作品，容易流於表象、粗率、說理，議論或為學問之詩，此套路多見板滯乏味；如能兼顧絕句的韻致，將「物象」推高一層，則屬於難能可貴了。

青年詩人詩思精敏，入選之十三件作品，頗有體物細微之功。寫景物多力主「情景交融」，不宜全然作冷眼旁觀的紀錄者，要走進並融入景中來；詠物要能「物情兼具」，從吟詠之物，派生出個人特有的情感連結和想像，選詩我們有著這樣的期待。

首獎〈修正帶〉「欲將清白留塵俗，何惜微軀帶減圍。」句有來歷，但並不生吞活剝，藉物言志，物我兩擬，尤以何惜句入雅作結，饒有韻致，三人同推此首壓卷。優選《鉛筆》，作者對鉛筆「擬句千修枯骨盡」之身世嗟嘆，引發共鳴，個人指作者有「替代性創傷」之虞，賴欣陽則以為悲劇書寫，最是動人。

優選二〈修正液〉同樣在轉結發力，素影、「凝」字與雪色新，扣題意象相當傳神。「徐行不畏前時誤」錯而可改，給人希望。首獎與二首優選作品同得三票，後以總分圈出甲乙。特別推介佳作〈鉛筆

盒〉一詩，四句勇武精煉，題目與注同讀，方能讀出趣味來：鉛筆盒可為戰艦，其鏖戰鄰桌之童趣，翻出另一層想像。

綜言之，詩思噴薄，想像奇特，是對此次徵詩青年組的整合性印象。

天籟組

題目：任擇一「行業」吟詠，題目自訂。

體裁：七言律詩一首，限平聲韻目（以平水韻為準）。

決審：吳雁門先生（大紀元時報專欄主筆）

　　　鄭世欽先生（高雄市詩人協會常務理事）

　　　賴欣陽先生（國立臺北大學兼任助理教授）

首獎

卜者　　　　　　　　　　　　　　　　　　　　吳宜鴻

先聖揲蓍知國祚，今當趨避解憂疑。

神來一卦天機現，語讖多情世事奇。

河洛猶憑數成理，乾坤常轉道為師。

觀梅誰續堯夫志，復問何人識坎離。

優選

捷運站大夜照明維修工　　　　　　　　　　　　王文宗

列車過盡攀危架，還復清光務及辰。

去暗當須爭破曙，維新豈畏惹凝塵。

為持飛棟千燈艷，忍負鴛衾一室春。

驛站昭昭行客眾，誰知寒夜未歸人。

優選

修鞋匠　　　　　　　　　　　　　　　　　　　甄寶玉

星霜滿面老鞋工，小鋪藏於陌巷東。

錘打針縫糊口計，除塵掃俗寸心衷。

繁華流逝如春水，歲月安然或彩虹。

告示退休門上貼，蹣跚背影夕陽中。

註：夕陽行業修鞋匠。肺炎疫情稍緩，余外出欲修理皮鞋，竟然發現
　　修鞋老店消失，不勝唏噓！

佳作
外銷業務員 姚啟甲

晨昏顛倒竄西東，永夜乘槎覓客中。

異國佳肴強適應，十方胡語盡精通。

休分伏臘衫裘備，不畏飢寒歲月空。

但使商家能買貨，旅辛全忘樂無窮。

佳作
廚師 張珍貞

蝦蟹雞豚鼎鼐烹，佳餚美食俎尊呈。

酸甜苦辣崢嶸聚，煮炒煎蒸薈萃盛。

貴賤從來無厚薄，灶爐自得任縱橫。

香飄十里非空譽，畢世光華在飯羹。

佳作
醫 洪淑珍

杏林溫暖白袍人，救療無私仰至仁。

醫學精研名有證，痌瘝長念病猶親。

慎施針藥深知命，成就康寧喜接新。

華扁是宗民瘼解，利生世譽古來珍。

佳作
賣魚郎　　　　　　　　　　　　　　　　　　鄭千荷

基津務實賣魚郎，倒背家珍本業強。

去肚刮鱗終日轉，封籠套袋徹宵忙。

親朋盛意雲端訂，故舊溫情網路揚。

宅配經銷通四海，時鮮捷便創新章。

佳作
脫口秀　　　　　　　　　　　　　　　　　　張素娥

未語登場卻有情，神來莞爾奪人睛。

臺前脫口通篇麗，幕後操心主旨明。

百轉千回文辯巧，三言兩說話研精。

高潮迭起新鮮事，視野無垠葷素爭。

佳作
醫　　　　　　　　　　　　　　　　　　　　余美瑛

閱盡紅塵皆四苦，依然日夜赤誠忱。

杏林壇上英才育，診療床邊藥量斟。

得幸朝堂醫國手，回春政令活人心。

華陀扁鵲當稱慶，鯤島後生寰宇欽。

註：療（廣）力照切，音料。

佳作
售花業   陳麗卿

禯禯花木倚雲栽，徙置門庭簇錦堆。

嬌杏鬒眉頻眷顧，清荷粉黛數低佪。

翁憐菊影迎風颺，嫗喜梅芳撲鼻來。

客購紛挑些子景，脫貧市販仗伊媒。

佳作
牙醫師   周麗玲

眾口涵藏兩玉弧，全心磋切護明珠。

深行虎穴窮原委，強逐蚜窠治病株。

手巧藝精紓苦痛，造橋修路利馳驅。

常因奇案籌良策，徹夜難眠聽雨無。

佳作
警察   吳身權

一秉初衷意氣豪，橫槍矢志蕩凶濤。

冬迎凍露風威凜，夏忍流金日照高。

偶愧蜚言羞駿譽，時憑奏凱展龍韜。

捫心若問何悽憾，黠佞迂貪誤我曹。

佳作

從事教育之教師　　　　　　　　　　　　　　　　吳秀真

拓荒栽種作園丁，培植含辛思弗停。

教化由來非省事，痴頑終是害無形。

善之循誘冰心鑄，因異施材延腦醒。

五育均衡濃雨露，賢才造就燦如星。

天籟組總評

鄭世欽

　　本屆天籟組收件共計十七件，件數不多，所以作品直接進入決審。徵稿以「行業」為範圍，大多作品能掌握行業的特色來書寫。

　　經投票後，依得三票、二票、一票之作品，在決審會議中逐項討論。最後未獲票數者也被提出來討論，以求慎重。詩以含蓄委婉者為尚，故以有言外之意，情韻深邃者為勝。其中〈卜者〉對仗穩妥，所述亦深契主題，尾聯以邵雍梅花易數之典故營造餘韻。〈捷運站大夜照明維修工〉用詞新穎，如頷聯「去暗當須爭破曙，維新豈畏惹凝塵」寫與時間相競爭，深夜維修工之苦辛。而頸聯「忍負鴛衾一室春」一句很有情韻，讓末句「誰知寒夜未歸人」有著力處。〈修鞋匠〉「星霜滿面」、「錘打針縫糊口計」把老鞋匠的形象鮮明化，末句「蹣跚背影夕陽中」，除了寫老鞋匠退休之外，尚透露這行業是夕陽行業。〈外銷業務員〉「異國佳肴」、「十方胡語」點明「外銷」、〈廚師〉「香飄十里非空譽，畢世光華在飯羹」、〈賣魚郎〉「去肚刮鱗」「封籠套袋」、〈脫口秀〉「百轉千回文辯巧，三言兩說話研精」皆能點出行業之特色。

　　然而有些詩句過於直白，直白則乏深韻，如「旅辛全忘樂無窮」、「親朋盛意雲端訂」、「人人受惠喜難勝」、「告示退休門上貼」等句皆有直白之疵。有些詩結尾多有固定模式，諸如：「利生世譽古來珍」、「鯤島後生寰宇欽」、「人民保母眾褒揚」等。若作者能在字句的鍛鍊上多加注意，讓結尾多些變化，或許可以使整首詩更有情韻。

　　經三位決審委員再次以積分方式選出前十三位作品，依總積分高低順序排定名次。基本上這十七件作品皆流暢可讀，然有幾件格律不合或對仗不妥者，不予選入得獎名單。期望下屆有更多人願意來參與，共襄盛舉。

2022 天籟詩獎
暨
天籟吟社創立一百週年聯吟大會

頒獎典禮
2022 年 11 月 20 日
晶宴會館民權館香榭玫瑰園

社會組

詩題：百年薪傳

詩體：七言律詩

天詞宗：李丁紅先生（中華民國傳統詩學會名譽理事長）

地詞宗：顏崑陽先生（輔仁大學中文系講座教授）

人詞宗：康濟時先生（宜蘭詩壇耆宿）

詞宗擬作　　　　　　　　　　　　　　　　李丁紅

礪心肇始奠宏基，百歲騷壇壯鼓旗。

授業勤耕三寸舌，傳薪須帶幾分痴。

頻敲缽韻揚天籟，廣播文風遍海湄。

自是一吟難便罷，春江絕調口皆碑。

元　　　　天 94 地 91 人 95　　　　　　　　　　吳身權

薪傳百載稻江潯，藻繪斯文四海欽。

聖道薰陶延漢學，書齋砥礪見詩心。

傳經不負前賢志，高詠尤稱大雅音。

一曲春江花月夜，三臺鷗鷺競相吟。

眼　　　　天 72 地 98 人 93　　　　　　　　　　林志賢

迢迢古道少人行，花亦芬芳月更清。

萬木堪尋賢竹影，千蟲猶見悅蟬聲。

吟情每繼詩情起，老鳳常偕雛鳳鳴。

承舊傳新壯天籟，不辭再豎百年旌。

地詞宗評：前四句出以比興意象，尚虛而稍過，不免意浮；但作者想
　　　　　像之才甚佳。腹聯特意重複情、鳳二字，聲調與詩意都好。
　　　　　尾聯始倒煞扣題，章法亦奇。

花　　　　天 88 地 94 人 71　　　　　　　　　　白繼敏

蒼松盤古破雲層，天籟清音百歲承。

六藝微聲誰祭酒，千禧末法獨傳燈。

稻江雲月懷先輩，藻冊詩詞勵雅朋。

浩蕩唐風斯脈永，儒林雛鳳共飛騰。

四　　　　天 68 地 85 人 94　　　　　　　　　簡華祥

　　礪心夫子肇先河，三笑風流繼詠歌。

　　藻采耀明屯嶺月，清音搖漾淡江波。

　　八傳祭酒勤施教，一脈斯文久琢磨。

　　圭臬騷壇臻百載，聲華不墜頌詩多。

五　　　　天 91 地 44 人 98　　　　　　　　　龔必強

　　怪癡吟調獨嬌嬈，掀起百年鯤海潮。

　　天籟風騷揚此日，礪心翰墨勝前朝。

　　幾番薪火書香繼，一曲春江鉢韻饒。

　　三鳳詩聲三笑筆，詵詵衍慶譽高超。

注：怪癡：天籟吟社創辦人林纘，字述三，號怪癡、怪星。

　　天籟三鳳：鄞好款、凌淨嫆、姚敏瑄，天籟吟社著名女史。

　　天籟三笑：林笑岩、曾笑雲、黃笑園，天籟吟社騷壇健將。

人詞宗評：評如勝史，出入有神，更堪為花。

六　　　　天 80 地 89 人 58　　　　　　　　　鄭美貴

　　礪心齋設百星霜，大雅扶輪聖道揚。

　　鵲起先賢宏教化，鵬搏後秀振綱常。

　　盟鷗契鷺斯文盛，戞玉敲金筆陣強。

　　風勵儒林功奕世，聲傳天籟永流芳。

七　　　　天 86 地 88 人 52　　　　　　　　　　邱素綢

礪心齋設稻江旁，歷代名師錦繡腸。

白雪詩文無懈筆，青衿講授盡傾囊。

三千教室培才久，老少芸窗得句香。

百載傳承天籟調，簫韶再現世稱揚。

八　　　　天 74 地 62 人 89　　　　　　　　　　黃哲永

百年榮景與時佳，詩藝宏揚志未乖。

喜見傳薪天籟調，咸欽建樹礪心齋。

交流學界增資訊，引領騷壇創品牌。

聘請名師興講座，三千教室育賢儕。

九　　　　天 50 地 71 人 96　　　　　　　　　　劉月雲

民初結社幟高懸，一脈斯文百載傳。

愛國心隨屯嶺月，匡時筆掃稻江烟。

天留雅頌培新秀，籟起宮商啟後賢。

吾道薪藜欣有繼，鵬摶預祝嘯雲巔。

人詞宗評：詩史之作，有感而發。

十　　　天 97 地 27 人 90　　　　　　　　　　　　黃色雄

> 勤推詩教稻江干，天籟欣欣百載歡。
> 業紹先賢游藝圃，薪傳一脈譽騷壇。
> 長涵麗質崑山玉，不絕幽香楚畹蘭。
> 踵接礪心藜火繼，楊君掌篆見榮觀。

天詞宗評：結構平穩，擄獲題旨，侃侃而談，一氣呵成，不著痕跡。

十一　　　天 87 地 68 人 54　　　　　　　　　　蘇雪珠

> 礪心齋上萃嚶鳴，結社昌詩百載更。
> 吟籟猶如天籟囀，騷風引領世風清。
> 傳薪不乏扶輪手，扢雅長留吐鳳名。
> 林老開基今岳峙，奎光熠熠燦鯤瀛。

十二　　　天 84 地 65 人 60　　　　　　　　　　張宏毅

> 八方騷客賀由衷，吟幟高懸慶典隆。
> 帳創稻埕弘漢學，調傳天籟振詩風。
> 栽培桃李三千秀，引領鷗盟一代雄。
> 大漢天聲今更盛，百年旗鼓勢如虹。

十三　　　天 59 地 52 人 92　　　　　　　　　　連嚴素月

　　述三先哲肇開端，砥礪吟心不畏難。
　　聲發碧空揚海嶠，韻涵清絕著騷壇。
　　百年牛耳斯文盛，八任龍頭識見寬。
　　繼起群英無俗客，長將雅調對人彈。

十四　　　天 52 地 51 人 97　　　　　　　　　　吳舒揚

　　社慶鵑城動海疆，鉢猶仙樂奏霓裳。
　　苗栽藝圃枝枝秀，蕊綻詞林朵朵香。
　　八佾興邦膺孔孟，百齡衛道仰姚楊。
　　棒交斯日延黎火，一代新人一代強。

人詞宗評：高手倖稱，結句特佳。

十五　　　天 77 地 69 人 53　　　　　　　　　　范錦燈

　　天籟先賢擁盛名，提攜後輩出精英。
　　千秋聖道肩同任，一脈斯文責匪輕。
　　孔壁芸編揚寶島，儒林藻繪播鵑城。
　　百年吟社傳薪火，壯我蓬萊大雅聲。

十六　　　天 89 地 24 人 84　　　　　　　　　王富敬

薪傳天籟百星霜，讚頌風騷紹漢唐。

雪壓玉山融浩瀚，波翻瀛海入滄浪。

斯文蔚起衣冠萃，大雅宏開翰墨揚。

社慶賀爭歡擊鉢，詩聲磅礡壯臺陽。

十七　　　天 96 地 96　　　　　　　　　　劉坤治

斯文學脈盛於今，獨領騷壇續舊吟。

一首春江花夜月，百年天籟漢唐音。

揚聲清詠光書苑，擊鉢高歌冠翰林。

餘響縈懷猶在耳，長空嘹亮繫人心。

天詞宗評：遏雲繞樑，餘味無窮，引人入勝。

地詞宗評：清暢而切題。次聯「一首春江花夜月，百年天籟漢唐音」，
　　　　　佳句，恰合天籟吟社。「春江花夜月」正作「春江花月夜」，
　　　　　小疵，不大害。

十八　　　天 26 地 75 人 91　　　　　　　　吳冠賢

迴瀾濟世憑風雅，百載弦歌雨露春。

天籟礪心桃李盛，稻埕鳴律性情淳。

光陰一瞬華年老，文教三千古韻新。

樓外江山人替代，承傳不盡道惟真。

十九　　　天 85 地 34 人 72　　　　　　　　　　康秀琴

百年重道礪心齋，天籟名師鳳字排。
博學多聞通佛理，高賢雅韻盡詩懷。
傳承國粹文章麗，風勵儒林氣象佳。
臥虎藏龍薪火續，蒸蒸社運慶無涯。

二十　　　天 100 地 57 人 31　　　　　　　　　蔡揚威

管領騷壇本礪心，春風絳帳稻江吟。
引商刻羽鳴天籟，振藻摛文屹士林。
九畹滋蘭枝葉茂，百年樹德柢根深。
增華踵事凌雲筆，火續薪傳映古今。

天詞宗評：佈局完善，句句不離題旨，德術兼備，頗具匠心。故拔為
　　　　　首選。

二十一　　天 90 地 50 人 44　　　　　　　　　楊燦增

天籟吟苗手自栽，百年結蕊盡雄才。
聲猶玉碎崑山響，香若蘭幽楚畹來。
藜火傳承延一脈，風騷管領譽三台。
姚翁棒卸楊郎接，萬里鵬搏亦壯哉。

二十二　　天 93 地 90　　　　　　　　　　　　李玉璽

百年天籟火傳薪，藻詠風流聚鳳麟。

擊缽嘗招蓬島客，飛觴每醉稻江春。

音存河洛多清韻，詩動乾坤少俗塵。

桃李三千誇濟美，礪心澤遠與時新。

二十三　　天 92 地 11 人 79　　　　　　賴炳榮

百年天籟績輝煌，社萃英才翰墨彰。

林老始盟藜火熾，楊師紹述缽音鏘。

匡時壯志追工部，載道溫情繼素王。

祝嘏人來謳盛況，聯歡觴詠慶無疆。

二十四　　天 58 地 64 人 59　　　　　　洪阿寶

開基樹幟百星霜，弘道扶輪奕代昌。

探究風騷詩教顯，栽培棫樸缽聲揚。

北臺締社聯群彥，天籟傳薪契八方。

無愧礪心齋設帳，述三餘韻繞樑長。

二十五　　天 29 地 82 人 70　　　　　　　　　　戴志豪

　　天籟斯文啟後時，相承漢學立旌旗。
　　詠歌嬝嬝聯吟調，競筆洋洋共賦詩。
　　百載圓融存勁節，三千培育茁新枝。
　　英才有志皆來萃，炬火傳薪譽四馳。

二十六　　天 81 地 61 人 37　　　　　　　　　　陳秀子

　　風華百載耀光芒，天籟吟旌令譽揚。
　　儒學弘宣心不怠，元音丕振興偏長。
　　傳承薪火流徽遠，化育英才懋績彰。
　　世道輪扶申大雅，鷗盟獻賦頌輝煌。

二十七　　天 82 地 60 人 34　　　　　　　　　　林明珠

　　基開大正聚詩仙，天籟稱觴慶百年。
　　幸得鴻儒承舵手，欣看後進步先賢。
　　匡扶韻事芝蘭契，輔贊騷風翰墨緣。
　　北彥南英齊薈萃，賡詩雅頌史綿延。

二十八　　天 20 地 83 人 73　　　　　　　許玉明

天籟傳承大雅揚，儒林享譽百年光。
社員高詠鏗鏘調，賦筆輕描錦繡章。
典籍書刊崇漢學，推敲鍛鍊育新篁。
初衷不變同心志，代代人才永世昌。

二十九　　天 76 人 99　　　　　　　　張崇鈴

百載傳薪志不休，林公創社展鴻猷。
礪心齋共詩心壯，天籟調同吟籟悠。
黽勉滋培無俗子，薰陶啟迪盡驊騮。
奎光射斗雲霞蔚，薀藉騷風拂九洲。

人詞宗評：六義盡出，佳篇巨構，尤稱一絕。

三十　　　天 79 地 81 人 12　　　　　　周麗玲

浮世煙雲任遠颺，猶存詩社百年芳。
潛心設帳英豪育，攜手傳薪辭賦揚。
彩筆瓊篇輝玉冊，吟聲雅調響華堂。
良時盛會歡同慶，天籟悠悠歲月長。

三十一　　天 83 地 84 人 2　　　　　　　　　　林勇志

緬懷述三先生兼天籟吟社百年有作

林纘先生開礪心，題詞擊缽本胸襟；

揮毫氣掃塵氛事，昂首聲成天籟吟。

源起稻江雲際遠，才高坴嶺霧中深；

風騷百載多桃李，詩社於今滿盍簪。

三十二　　天 60 地 99 人 5　　　　　　　　　　鄭千荷

淵源百載溯瀛洲，韻雅風清一脈流。

拔萃先賢追李杜，超群後輩繼曹劉。

今詞朗誦宜傾耳，古調高吟更囀喉。

絕學薪傳揚正氣，元音著史定千秋。

地詞宗評：詞切句通，篇體端整，能盡「百年薪傳」題意。除讚揚創
　　　　　作佳妙之外，更切合天籟詩詞吟誦傳統特色。

三十三　　天 99 人 62　　　　　　　　　　　　吳秋心

文傑詩靈筆比神，百年屹立早揚塵。

騷壇牛耳千秋繼，學苑龍門萬古遵。

海納細流欽啟甲，緒揚先哲頌維仁。

吟聲繞日如天籟，道統傳承一脈珍。

天詞宗評：有寬容雅量，有恢宏先緒之精神，乃領導者與傳承者，必
　　　　　俱之條件。

三十四　天 39 地 59 人 63　　　　　　蘇維敏

天籟彌芳勤擴枝，遠源雅域浪推移。
百年高詠儒風振，一脈清流逸韻持。
廣集英才遵許祖，深耕漢學仰林師。
欣看藜火傳新秀，再創瑤篇媲杜詩。

三十五　天 40 地 35 人 78　　　　　　余雪敏

曾聆教益訪三千，翰墨飄香室雅妍。
聘請明師興絕學，提攜後進為薪傳。
春秋偉業齊歌頌，百載華章眾仰賢。
駑馬不堪窺萬仞，舉觴同慶亦欣然。

三十六　地 87 人 66　　　　　　林　顏

礪心齋設仰林公，振鐸昌詩德澤隆。
三代祖孫揚聖道，滿堂桃李沐春風。
正聲丕振吟聲壯，浩氣長涵筆氣雄。
天籟青苗欣繼起，百年社慶共呼嵩。

三十七　　天 56 地 58 人 33　　　　　　　　　　　　　吳忠勇

悠悠鉢韻稻江颺，誰紹斯文道脈匡。
白室傳經維漢學，青錢名世矚臺陽。
忍看壇坫儒風沒，尚想鯤城霈澤彰。
十秩扶輪真砥柱，三千化育更稱觴。

三十八　　天 44 地 14 人 88　　　　　　　　　　　　　許玉君

發揚漢學礪心栽，天籟詩文爛漫開。
高詠低吟成一調，鸞翔鳳集譽三臺。
百年老幹毫芽茁，萬冊新篇古意煨。
煮字烘詞薪火旺，珠璣傳世耀蓬萊。

三十九　　天 32 地 73 人 41　　　　　　　　　　　　　陳國勝

夙聞天籟出詩人，甲子猶添四十春。
雅士揚風欣結社，良師設帳力傳薪。
心能潔淨綱常振，國自康寧義理伸。
世道衰微毋喪志，群騷競賦慶佳辰。

四十　　　天 98 地 47　　　　　　　　　　　　吳榮鑾

百年創社慶筵開，蔾火薪傳錦繡栽。
樽酒稻津傾北海，騷壇牛耳執蓬萊。
精研盡擅雕龍技，深造具懷吐鳳才。
天籟調悠鄒魯譽，述三基肇懋勳恢。

天詞宗評：述三先生肇奠宏基，又錫牙與國裕兩先生，先後膺任中華
　　　　　民國傳統詩學會理事長，後先輝映，足堪慶頌。

四十一　　天 64 地 12 人 69　　　　　　　　　　李清堂

礪心齋設仰林公，天籟承隨百載隆。
旗影飄揚鯤島上，鉢聲響徹淡江東。
三唐藻賦留佳績，一社鷗賢建偉功。
楊老扶輪薪火繼，蒸蒸會運氣如虹。

四十二　　天 43 地 22 人 80　　　　　　　　　　巫素珍

社立鵑城慶百秋，簪詩天籟賦風流。
許翁倡議文瀾洽，林老擎旗鉢韻悠。
國粹宏宣耕沃土，元音丕振播良疇。
騷盟祝嘏詞華縱，掌篆楊師續壯猷。

四十三　　地 92 人 50　　　　　　　　　　　　　　　楊東慶

碩筆崚嶒淡水濱，祖孫使命正彝倫，

勵心懸帳三才夏，篤力傳燈四座春；

文在茲乎功不忝，道將行也韻常新，

百年不輟弦歌誦，天籟悠悠響天鈞。

四十四　　天 69 地 46 人 24　　　　　　　　　　　　曾麗華

幟飄台北百年前，天籟天音響徹天。

鐸振文風長貢獻，薪承社教永綿延。

誼交寶島苔岑契，譽拓瀛寰翰墨聯。

濟濟人才誇傑出，鏖詩誌盛賀千篇。

四十五　　天 73 地 16 人 48　　　　　　　　　　　　李崑炎

天開壯麗付吟眸，籟詠詩歌嗣百秋。

筆硯相親存禮義，笙簫協奏共溫柔。

思賡古典添新韻，莫負前賢奠北陬。

社慶多君扶大雅，文風日盛譽瀛洲。

四十六　　天 70 地 6 人 61　　　　　　　　　　巫漢增

天籟旗飄一百秋，披荊故事說從頭，
三林奠石儒風啟，八傑聯珠聖教籌；
擷藻朋儕情切切，興文壇坫意悠悠，
礪心齋火薪傳盛，共燦卿雲貫斗牛。

四十七　　天 78 地 54　　　　　　　　　　　曾素香

述三先哲世推崇，鉢韻悠揚妙筆中。
授課礪心承古訓，徵詩鯤島鼓良風。
高徒出眾才華備，吟社成名德望隆。
天籟百年留典範，宣弘國粹頌豐功。

四十八　　天 25 地 66 人 40　　　　　　　　廖進財

天聲遠播遍天涯，籟頌詩詞舉世誇。
創價文章歌悅耳，社緣翰墨筆生花。
百秋喜集吟懷爽，年慶欣臨禮意加。
薪火興邦興大漢，傳揚弘道耀中華。

四十九　　天 37 地 93　　　　　　　　　　　　　　　吳宜鴻

百歲今朝瑞氣臨，再開光景動懷襟。

迎眸喜見真情句，入耳猶迴天籟音。

古調何愁少知己，新聲依舊勵儒林。

騷壇一脈丹衷續，更盛當年擊鉢吟。

五十　　　天 61 地 45 人 23　　　　　　　　　　　　葉桂川

天籟薪傳壯鼓旗，勤耕社教奠丕基。

恢宏國粹菁莪盛，蔚起文瀾典範垂。

勵學窮經明義理，宣仁樹德振綱維。

百年誌慶苔岑契，鴻運長興耀海湄。

五十一　　天 18 地 25 人 86　　　　　　　　　　　　許錦雲

箕裘弓冶礪心齋，纘老多才多藝偕。

滿室高徒揚木鐸，南金東箭遍天涯。

詩書共勵承先哲，術德同修壯我儕。

百載薪傳延一脈，樂看天籟上高階。

五十二　　天 17 地 29 人 82　　　　　　　　　　張正路

林公創社振儒門，國粹宏宣禮樂存。
薪火相傳今古壯，珠璣彙集鷺鷗敦。
亦師亦友崇先哲，如弟如兄啟後昆。
培育英才臻百載，嘉聲遠播耀乾坤。

五十三　　天 95 人 32　　　　　　　　　　　　王丹紅

礪心天籟稻江潮，百稔風華冠海嶠。
門育高才追李杜，社藏佳構盡瓊瑤。
揚騷設帳元音播，淑世躬身重擔挑。
卓爾三千興教化，薪傳萬代譽長昭。

五十四　　天 62 地 43 人 21　　　　　　　　郭秀梅

百載流芳譽絕倫，心持騷雅樂傳薪。
先賢共擘千秋業，後學欣承四海春。
七字雄詞歌婉轉，一枝彩筆韻清新。
文才拔萃揚鯤島，天籟吟聲萬古淳。

五十五　　天 54 地 72　　　　　　　　　　　　　王啟銘

　　壬寅會慶典儀隆，筆氣凌雲出海東。
　　天籟元音多講座，藻香文藝蔚騷風。
　　社週百歲傳薪火，韻紹三唐繼素衷。
　　掌篆維仁勤擘劃，蒸蒸缽運勢如虹。

五十六　　天 15 地 30 人 81　　　　　　　　　　陳麗卿

　　天籟元音百載揚，緬懷創社苦辛嚐。
　　礪心陶鑄菁英萃，吟調迴環縹緲颺。
　　三代授詩光藝圃，諸賢接篆秉忠腸。
　　吾儕砥志薪傳火，風勵儒林更發皇。

五十七　　天 63 地 41 人 18　　　　　　　　　　黃　瓊

　　幟豎騷壇百載長，絃歌不輟績輝煌。
　　開來繼往雄心壯，啟後承先正氣彰。
　　薪火相傳宏漢學，菁莪孕育煥文光。
　　情衷天籟天音妙，韻播千秋美譽揚。

五十八　　地 78 人 43　　　　　　　　　　　林文龍

淡濱高詠動儒林，天籟盟鷗許斷金。
砥礪百年存漢節，悠揚一社嗣唐音。
逋仙祭酒風騷永，惜抱傳薪雨露深。
況是四知擔道義，長流詩卷去來今。

五十九　　天 1 地 63 人 56　　　　　　　　林振任

述三尊老礪心耕，草創齋堂大稻埕。
衛道哲人同養志，錫麟夫子續揚名。
百年吟詠傳天籟，一代唱酬溫世情。
崛起詩壇薪火在，復興文化有奇兵。

六十　　天 75 地 4 人 39　　　　　　　　　李素瑛

稻埕一脈百年揚，林老匡時導有方。
藝苑培英宣禮樂，騷壇鬥韻振綱常。
尼山聖教群鷗述，天籟元音眾志昂。
健筆維仁師繼起，薪傳社務煥文光。

六十一　　天 10 地 95 人 13　　　　　　　　　　甄寶玉

礪心絳帳育精英，享譽儒林天籟聲。

前輩百年功業顯，後群一脈火薪明。

如今濟濟高才出，自是堂堂妙筆生。

代謝流遷新境界，騷壇喜見一番晴。

六十二　　天 41 地 76　　　　　　　　　　　林魏銘

春風化雨蕙蘭香，天籟薪傳百載長。

擊缽騷壇垂典範，賡詩古韻振綱常。

鷗朋薈萃吟佳句，學子潛修賦妙章。

歷史榮光持續燦，中華文化盡飛揚。

六十三　　地 31 人 85　　　　　　　　　　　黃智群

蟲言鳥跡啟詩源，韻藻推敲承意騫。

桃李芳馨蹊自跡，安仁文品果盈軒。

群英暢敘蘭亭趣，嘉友歡書滕閣喧。

天籟齊鳴龍虎志，百年傳唱永無諼。

六十四　　天 71 地 5 人 36　　　　　　　　　張淑文

大稻埕飄天籟旗，林公立社樹鴻基，
志擔使命菁莪育，文展長鋒翰墨奇：
裔紹炎黃名遠播，道承孔孟譽飛馳，
鷗盟祝嘏誇楊子，百載風華績可期。

六十五　　地 70 人 42　　　　　　　　　　洪一平

百載觀成翰墨宣，闡弘詩教著先鞭。
俱瞻德望儒林譽，盡得聲名弟子賢。
大雅流音歌樂育，清風逸響荷陶甄。
英才輩出人中俊，一脈斯文代有傳。

六十六　　天 9 地 15 人 87　　　　　　　　洪淑珍

弘詩立教主風騷，自是礪心家學豪。
一脈如松垂美蔭，三臺到處鼓清濤。
開新得助薪傳火，賡雅時看穎脫毫。
社慶期頤逢菊艷，祥徵氣象盛而高。

六十七　　地 97 人 14　　　　　　　　　　　　張允中

稻埕風雅幾芳春，吟到江花皎月輪。

後學毅勤研筆墨，先賢香火闢荊榛。

回回講演殷殷授，課課推敲字字真。

鳳唳九霄誰繼永，悠悠天籟不沾塵。

地詞宗評：首聯起筆就好，上句直切天籟創社之地，下句以虛象隱喻
　　　　　諸賢吟詠之美。中幅四句直賦講學、課詩之勤，先後傳承
　　　　　之功。尾聯順前意作結，亦屬穩當。

六十八　　天 3 地 23 人 83　　　　　　　　許朝發

架陳千卷有詩雄，騷雅典謨俱不窮。

桃李祁祁鑄顏子，聲猷汲汲念文翁。

蘭亭又醉蓬萊境，泮水猶吹洙泗風。

稱聖稱豪萬宗筆，已留衣缽蠹痕中。

六十九　　天 51 人 57　　　　　　　　　唐幼玲

漢學推研始勵心，調聲不輟韻清吟。

述三使命詩篇燦，啓甲人才惠澤欽。

筆陣匡時多至論，騷壇載德滿良箴。

百年天籟瀛洲冠，振鐸傳承耀古今。

七十　　地 33 人 75　　　　　　　　　　　　　游振鏗

閃爍儀形代代更，山川著跡短紋黥。

吟壇唱玉珊瑚燦，墨海聯珠琥珀瑩。

天籟百年師碩士，詩寰一世任尖兵。

傳薪古灶燃新火，惠澤蓬萊絕妙聲。

七十一　　天 42 地 17 人 47　　　　　　　　周秋燕

天籟揚芬漢學悠，培才扢雅未曾休。

筆花勤砥詩書理，木鐸長敲禮樂脩。

集秀百年承許祖，勵心一脈溯林流。

至今藜火依然熾，欣見新賢展遠猷。

七十二　　地 28 人 77　　　　　　　　　　　陳耀安

社名天籟溥鈞天，有別倭奴耍霸權。

大漢風標從此繼，中華道統自茲傳。

窮經挹注追英哲，染翰薰陶效聖賢。

百載欣逢隆典慶，吟聲響徹稻江邊。

七十三　　地 100 人 4　　　　　　　　　　　　　　　　賴欣陽

薪火相傳逾百年，聲鳴大塊入雲巔。

漢邦筆墨研心性，瀛島虹霓跨地天。

眾竅得風音自立，千花因水色相宣。

日斜吟賦山川罷，更待朝霞壯錦篇。

地詞宗評：清暢切題而氣象宏大。腹聯「眾竅得風音自立，千花因水
　　　　　色相宣」，興象超妙。上句化用《莊子・齊物論》之典，
　　　　　恰切天籟之名；下句讚許吟社眾才詩情之美而不著痕跡。
　　　　　尾聯更有預期展望之意，筆力未衰。

七十四　　天 35 地 20 人 46　　　　　　　　　　　　　蔡瑤瓊

一社揚風慶百年，文章磅礴早譽傳。

行追聖哲騷風振，道醒愚頑志節堅。

詩學匡扶忘歲月，人才化育響雲天。

我欣天籟清音在，永屹台灣寫錦篇。

七十五　　天 34 地 67　　　　　　　　　　　　　　　曾金生

百年天籟社名香，藜火薪傳國粹揚。

禮樂弦歌承泗水，詩書翰墨冠台疆。

心培後秀騷壇著，志繼先賢聖道彰。

蔚起儒風宣大雅，斯文一脈永綿長。

七十六　天 24 人 76　　　　　　　　　　余美瑛

應教斯文不喪淪，橫馳翰墨稻埕辰。

詩騷絳帳思承繼，唐漢綸音薦澤臻。

一曲春江鳴鷗鳳，八章秋興笑龍麟。

礪心百載行腔過，天籟薪傳我負薪。

七十七　人 100　　　　　　　　　　王百祿

頌雅扶輪立意殊，社吟天籟唾璣珠。

崑山璧玉斯方有，楚畹幽蘭別處無。

壬戌壬寅經半皕，翰林翰墨賦雙圩。

礪心志業今猶續，許我鷗盟德不孤。

註：圩，此作五十解。

人詞宗評：用字精鍊，別開意境，比照有端，風雅最殊，堪為壓卷。

七十八　天 12 地 56 人 30　　　　　　李淑櫺

同氣相求喜覓尋，百年結社義如金。

徵詩廣集驚佳作，聯句渾成契雅音。

擊缽限時相砥礪，抒情寫志幸砭鍼。

斯文一脈傳千古，天籟清聲永續吟。

七十九　　天 57 地 1 人 38　　　　　　　　　　邱天來

道統匡扶一脈珍，礪心齋立善傳薪。

絳帷文藻鴻裁健，天籟詩聲格調新。

懋績丕承崇啟甲，清芬緒接仰維仁。

騷壇鷗鷺資沾溉，百歲嵩呼更可親。

八十　　　天 67 人 27　　　　　　　　　　　徐炎村

天籟期頤賀頌頻，崇儒濟世力傳薪。

宣揚五美邪風掃，作育多才正氣伸。

曲調薰陶彰雅士，詩章秀麗樂黎民。

文光永燦如星日，大漢清音響四鄰。

八十一　　地 48 人 45　　　　　　　　　　　李政志

風標大雅嗣徽音，墜緒斯文建樹深。

鉢會掄元封桂冠，詩壇祭酒抱冰心。

爐開社教傳天籟，契合童蒙暢古吟。

振鐸儒林經百載，鳳毛踵武紹青衿。

八十二　　天 65 地 21 人 6　　　　　　　　　黃琳臻

古書展卷度芳辰，盛會裁詩更日新。

起社百年多不易，薪傳幾代貴為珍。

孜孜不倦文章富，蕩蕩無私德化淳。

喜慶襟期風雅聚，好音清籟響群倫。

八十三　　天 30 地 42 人 20　　　　　　　　蔡久義

天籟調揚格津新，林公睿智展經綸。

音掀屯嶺誰能匹，鉢振臺疆世靡倫。

啟發群黎追子美，育成多仕繼靈均。

欣逢百歲齊歡慶，墨客題詩獻頌頻。

八十四　　天 4 地 79 人 8　　　　　　　　　劉誌文

百載吟哦詩韻揚，傳承天籟調鏗鏘。

斯文一脈心齋礪，漢學千秋墨客彰。

歲月悠悠勤播種，珠璣振振善培芳。

恢弘古典添新意，社慶騷壇共舉觴。

八十五　　地 80 人 11　　　　　　　　　　　黃慧元

年華如戲一場詩，讀史推敲感概遲，
境遇隨人幾代苦，文章底事寸心知。
秋臨古樹霜盈野，春找新梢綠滿枝，
雅聚邀來皆至友，雱風伴我詠而歸。

八十六　　天 22 地 2 人 64　　　　　　　　　林秀祝

天籟悠悠歲月長，勤耕百載譽飄香，
許翁邀聚絃歌賦，楊子傳薪鐸教彰；
信有昌詩酬素志，相期化俗振綱常，
礪心齋脈沖霄漢，共締斯文絢彩光。

八十七　　地 37 人 51　　　　　　　　　　　謝武夫

奔流石上水傳聲，穿葉疾徐風競鳴。
遠見先賢騷友聚，謙真雅士韻文耕。
抒心寫景詩詞作，依字運腔平仄明。
窮古研新初滿百，唐音漢語勵群英。

八十八　　天 49 地 13 人 25　　　　　　　　　　李汶真

百年天籟燦儒光，作賦行吟翰墨香。
萃蔚文風成大雅，薪傳道統振綱常。
承先啟後詩聲播，繼往開來鉢韻揚。
漢學推行綿不斷，弘宣國粹譽臺疆。

八十九　　地 86　　　　　　　　　　　　連珊屏

天籟詩聲入九天，流芳百載世稱賢。
宿儒弘道高風立，耆老培才薪火傳。
激濁揚清鳴木鐸，化民醒世振管絃。
騷壇同仰皆期盼，續領鷗朋耀錦箋。

九十　　　天 16 人 68　　　　　　　　　曾景釗

調尊天籟滿江紅，設帳恢儒百載雄，
筆挾元音騰韻事，旗舒正氣煥騷衷；
甄陶絕學芳徽著，淬勵斯文教澤功，
一脈詩書桃李傑，恂恂道統貫晴虹。

九十一　　天 27 地 38 人 15　　　　　　　　　　翁惠眺

百年天籟結鷗盟，譽享騷壇分外明。

自昔裁詩滋墨客，於今興化育儒英。

性靈陶冶防衰朽，道統傳承望盛平。

齋號礪心仍在耳，真堪千載永留名。

九十二　　地 77　　　　　　　　　　　　　　黃卓黔

傳根固本百年長，幸有新詩續舊章。

雅頌清音弦不斷，揮毫彩筆墨留香。

心懷家國文人骨，氣壯山河俠士腸。

白戰蘭亭流水畔，搜詞擊缽賦輝煌。

九十三　　天 36 地 36 人 3　　　　　　　　　許忠和

天籟吟音百載昂，傳承詩學懋勛彰。

礪心齋舍文風起，大稻埕庭曲賦揚。

墨客謳歌聲赫奕，騷人吐藻績輝煌。

耕摛翰韻培薪脈，椽筆探驪紙逸香。

九十四　　地74　　　　　　　　　　　　　　陳永杰

台詩結社始東吟，世紀風華歲月侵。

天籟紹箕傳大雅，弦歌續唱製宏音。

鑄辭墨客時相訪，覓句騷人腹笥尋。

清韻出塵推舊調，無邪諷詠古猶今。

九十五　　人74　　　　　　　　　　　　　　吳子健

天籟社名垂宇宙，元音敦厚九淵高。

三分春色仙源賦，萬古風流花月醪。

簇擁玉山崇翰苑，長依濁水見貴勞。

百年勝事圖新紀，擘創唐時大曆豪。

九十六　　天13 地55　　　　　　　　　　　　楊義仁

山河更替盡堪悲，禮樂興衰詎可期。

文士唱詩衷雅頌，靈均醒世作章辭。

哲人歿去逝於往，大雅昌隆復在斯。

惟願風騷流萬載，薪傳百歲共華夷。

九十七　　天 48 人 19　　　　　　　　　　　　　　沈振中

百年天籟譽台陽，林老開基導有方。

孕育菁莪宣藝苑，涵濡翰墨振綱常。

稻埕聖教宏圖展，泗水元音韻事昌。

受託維仁師載筆，恢弘社務煥文光。

九十八　　人 67　　　　　　　　　　　　　　　　沈士閎

萬里長江一葉舟，百歲光陰幾經周。

人間有夢皆成幻，天上無私不是求。

大海波濤驚浪起，中原草木識風流。

可憐此際傷心處，猶似當時擊築憂。

九十九　　天 66　　　　　　　　　　　　　　　　鄭綠江

日據時期漢學求，許翁邀會聚鷗儔。

林公立社承洙泗，楊子傳薪效馬牛。

音韻高吟天籟調，文風暢敘礪心留。

巍巍百載榮詞苑，社運恢宏共策籌。

一百　　天 46 地 19　　　　　　　　　　　　　　賴敏增

　　吟壇巨擘應天籟，代代薪傳李杜才。

　　有惜風騷傾白話，無端文化養青苔。

　　曾將煙雨織春夢，累托雲天暢老骸。

　　百載欣逢詩會慶，豈能共夜不千杯。

青年組

詩題：百年薪傳

詩體：七言絕句

左詞宗：洪淑珍女史（乾坤詩刊發行人）

右詞宗：徐國能先生（國立臺灣師範大學國文系教授）

元　　　　左 15 右 14　　　　　　　　　　　　**吳李洋**

　　百里芬芳踥步營，年華洗鉢眾賢傾。
　　薪蒸迭代丹青煥，傳頌詩壇不朽情。

右詞宗評：點題雅正，結構分明。遣詞精妙，時見慧心。

眼　　　　左 13 右 15　　　　　　　　　　　　**莊岳璘**

　　承傳代代弘詩道，哦誦琅琅琢玉心。
　　北陸風騷聲未絕，稻江春水自相尋。

右詞宗評：扣題緊切，用字嫻雅。妙合時地，意蘊悠長。

花　　　　左 10 右 12　　　　　　　　　　　　**羅健祐**

　　礪心齋內集時賢，詩社欣成百歲前。
　　天籟元音吟不絕，弘文志業永流傳。

四　　　　左 11 右 9　　　　　　　　　　　　**吳韋諒**

　　百籟盈風法象滋，年華拂面意情馳。
　　薪燃火續攜齊物，傳響乾坤共賦詩。

五　　　　左 8 右 11　　　　　　　　　　　　**陳坤第**

　　匯通三教百年興，信實今時失據憑。
　　莫忘安民真寄意，輕煙一炷再傳承。

六　　　　左 14 右 4　　　　　　　　　　　　蔡宗誠

天籟吟社百年社慶

　　高吟天籟賦斑斕，詩道百年心未閒；
　　綵筆何曾還夢裡，持傳桃李滿人間。

七　　　　左 4 右 13　　　　　　　　　　　　張芷綾

　　風雨驚猿長嘯發，詩文會士雅音傳。
　　移星絳帳扶嘉樹，吟骨猶錚不愧賢。

右詞宗評：著眼不凡，氣韻高華。暗合題旨，想見風範。

八　　　　左 12 右 3　　　　　　　　　　　　曾冠為

　　百年天籟振文香，奕世薪傳國粹揚。
　　化育騷壇多俊彥，弘儒聖教譽鯤洋。

九　　　　左 9 右 6　　　　　　　　　　　　陳品伃

　　人生歲月終難復，天籟詩歌遞續吟。
　　百載紅塵常嬗變，猶能始末保初心。

十　　　　左 5 右 10　　　　　　　　　　　　李　杰

　　沈公懷志教華胄，百代文翁謹序庠。
　　風雅清音存社塾，童蒙不忘詠甘棠。

十一　　　左6右8　　　　　　　　　　　　王思惠

　　前賢林纘立先河，擊缽吟詩鼓瑟和。
　　天籟傳薪身百歲，乾坤點墨俯嵯峨。

十二　　　左3右7　　　　　　　　　　　　蔡睿璟

　　須臾逝去千金水；百載滄桑萬木山。
　　舊日詩文天籟撰，今時典卷復能還。

十三　　　左7右1　　　　　　　　　　　　李旻憲

　　先師賜教授宣篇，濟濟多元赫百年。
　　各地文才將起興，吟詩賦作世千傳。

十四　　　右5　　　　　　　　　　　　　　孫翊宸

臺南原水道百年慶

　　水道建來霿府城，靈源引得瀉澄清；
　　功成百載雖身退，猶說濟民無限情。

十五　　　左2右2　　　　　　　　　　　　黃姵絜

　　迢迢碧漢垂天闕，亙古輝明影未消。
　　禮義仁心藏血脈，遙思仲父志凌霄。

天籟吟社創立一百週年聯吟大會

詩題：天籟吟社先賢詩選

詩體：七言絕句

詩韻：上平聲二冬韻

左詞宗：林文龍先生（道東詩社指導老師）

右詞宗：張韶祁先生（世新大學中文系助理教授）

詞宗擬作　　　　　　　　　　　　　　　　　　　　林文龍

　　礪心先輩緬高蹤，一卷低吟足盪胸。
　　豈待雞林聲價重，風行已識遍堯封。

詞宗擬作　　　　　　　　　　　　　　　　　　　　張韶祁

　　流風雅韻傳薪火，筆力雄奇誰可宗。
　　自是群英一時選，梓行賢業任追蹤。

元　　　左 91 右 95　　　　　　　　　吳舒揚

無邪一卷紫雲封，敬仰先賢意倍恭。
天籟吟壇揚海嶠，百年聲振似晨鐘。

眼　　　左 81 右 100　　　　　　　　王丹紅

百年天籟萃蛟龍，吟詠珠璣破俗封。
鴻爪留痕涵史料，騷壇獨步共推宗。

花　　　左 87 右 90　　　　　　　　　黃哲永

礪心齋內氣如龍，磅礴元音百歲逢。
三笑猶榮三鳳譽，清詞詠罷憶仙蹤。

四　　　左 93 右 83　　　　　　　　　吳忠勇

紹續元音越百冬，可堪金玉杳無蹤。
攤箋把讀風流仰，天籟傳承出鳳龍。

五　　　左 76 右 99　　　　　　　　　李丁紅

天籟揚風百歲逢，先賢心血出塵封。
吉光片羽芳徽在，留與騷人作景從。

六　　　　左 86 右 87　　　　　　　　　　　　　劉坤治

百年天籟記遺蹤，詩選先賢想舊容。
片羽清光詩照眼，欲教大雅盛朝宗。

七　　　　左 97 右 75　　　　　　　　　　　　　吳冠賢

壁立風騷十五峰，浪淘珠玉薈詩宗。
百年流響成新卷，化雨興雲方顯龍。

八　　　　左 79 右 93　　　　　　　　　　　　　賴欣陽

元音隔代應黃鍾，緩促高低各出胸。
莫以鴻飛真性杳，行間猶自見泥蹤。

九　　　　左 71 右 97　　　　　　　　　　　　　蔡揚威

詩篇煜煜盪心胸，石鼎聯吟屹岱宗。
風勵儒林猶夙昔，弘文挖雅幾相逢。

十　　　　左 90 右 76　　　　　　　　　　　　　蔡睿璟

蘭亭大塊秀才雍，萬物情深天籟逢。
爾雅名紳詩教起，恢弘玉樹毓靈鍾。

十一　　　左 84 右 82　　　　　　　　　　　陳坤第

　　吟成萬籟徹群峰，玉譜群英共匯宗。
　　物換星移雖巧變，九淵猶見探驪龍。

十二　　　左 72 右 94　　　　　　　　　　　鄭美貴

　　天籟先賢眾敬恭，風流文采孕潛龍。
　　鏗鏘鉢韻珠璣燦，詩選精華百代宗。

十三　　　左 69 右 96　　　　　　　　　　　劉月雲

　　天留雅頌培新秀，籟起商宮仰正宗。
　　一卷名山經百載，先賢緬溯意虔恭。

十四　　　左 78 右 81　　　　　　　　　　　許錦雲

　　揚葩振藻作前鋒，一脈傳薪夙所宗。
　　句寫斯文天籟韻，先賢佼佼是人龍。

十五　　　左 85 右 72　　　　　　　　　　　莊岳璘

　　縱然生晚未相逢，感仰先儒錦繡胸。
　　天籟名山存大雅，百年不滅舊吟蹤。

十六　　左 65 右 91　　　　　　　　　　林瑞龍

先賢詩選謝追蹤，文采風流萬代宗。
片羽吉光珍百載，長留典範不凋松。

十七　　左 88 右 65　　　　　　　　　　龔必強

天籟詩篇韻味濃，吾今拜閱獨情鍾。
述三文采傳三笑，警句連連盪客胸。

十八　　左 83 右 70　　　　　　　　　　吳子健

勵心玉質皆靈句，百載春秋珠玉琮。
喜見隨園能詠絮，鳳章直唱劃高峰。

十九　　左 92 右 60　　　　　　　　　　李旻憲

天籟先賢十五龍，傳詩遠播響鳴鐘。
文興此地蓬萊島，受授遺篇似柏松。

二十　　左 57 右 89　　　　　　　　　　張芷綾

天籟蘭哦得繼宗，集詩付梓記群龍。
礪心吐鳳先賢笑，百代高吟播遠峰。

二十一　　左 96 右 48　　　　　　　　　　　　葉桂川

國學深研勢若龍，先賢詩選邁巔峰。
菁莪孕育雄韜略，天籟弘文不放鬆。

二十二　　左 56 右 88　　　　　　　　　　　　王百祿

十五先賢響遠迣，礪心志業續傳宗。
人間韻調風間颯，紙上詩詞水上淙。

二十三　　左 62 右 77　　　　　　　　　　　　王富敬

礪心齋創眾賢從，旨契無邪最正宗。
篩選集成珠玉萃，百年天籟顯雍容。

二十四　　左 40 右 98　　　　　　　　　　　　邱天來

天籟先賢手澤濃，編成詩集暢吟胸。
吉光片羽傳薪火，沾溉鷗盟德業宗。

二十五　　左 75 右 59　　　　　　　　　　　　徐炎村

天籟吟風史策恭，先賢筆似一蛟龍。
珠璣點點群黎勉，啟後承先意志雍。

二十六　　左 94 右 39　　　　　　　　　　連珊屏

百載傳薪豈易逢，先賢雅集豁吟胸。
弘揚儒學珠璣富，天籟風騷契竹松。

二十七　　左 42 右 86　　　　　　　　　　林　顏

天籟期頤盛會逢，先賢詩選獨情鍾。
蒐羅萬斛皆珠玉，奕代流芳墨韻濃。

二十八　　左 80 右 46　　　　　　　　　　劉誌文

述三為首礪心胸，天籟清音調韻濃。
十五先賢傳炬火，詩吟百載創高峰。

二十九　　左 60 右 66　　　　　　　　　　連嚴素月

春風降帳意雍容，天籟前賢育巨龍。
滿目珠璣詩選集，今朝雅會感心胸。

三十　　　左 64 右 58　　　　　　　　　　林明珠

藻香承衍述真蹤，天籟先賢人海龍。
專輯成書殊可貴，淚流斐冊豈凡庸。

三十一　　左 37 右 84　　　　　　　　　　　　　曾素香

　　天籟先賢一代宗，騷壇閃耀暢吟胸。
　　琳瑯傑作文風勃，藝苑長傳翰墨濃。

三十二　　左 70 右 50　　　　　　　　　　　　　唐幼玲

　　十五先賢文耀宗，百年天籟合崇恭。
　　搜殘輯佚風騷續，嬗遞詩心百鍊鋒。

三十三　　左 63 右 57　　　　　　　　　　　　　林立智

　　天上天和嶺外峰，機心不識不從容。
　　一時珠玉開篇出，塵漲人間恨未逢。

三十四　　左 51 右 67　　　　　　　　　　　　　陳文識

　　百載詩心毓秀鍾，洛陽紙貴巧雕龍。
　　稻江韻事聲聲喚，滿月書香天籟蹤。

三十五　　左 39 右 79　　　　　　　　　　　　　黃色雄

　　天籟先賢仰臥龍，發書恰值百年冬。
　　更欣詩選延薪火，啓迪騷壇翰墨濃。

三十六　　左 99 右 17　　　　　　　　　　王思惠

礪心詩粹太玄濃，天籟鳴聲又一冬。
林纘開河身百歲，齋門文匯萬歸宗。

三十七　　左 66 右 49　　　　　　　　　　李玉璽

鷗朋慶聚在寅冬，天籟刊詩雅韻濃。
十五先賢珠玉滿，傳薪百載仰儒宗。

三十八　　左 77 右 37　　　　　　　　　　李玲玲

百年天籟一文宗，逸韻金聲氣勢洶。
欣見詩魂今復出，冀望後學繼吟龍。

三十九　　左 36 右 78　　　　　　　　　　王文宗

百年天籟淬詩宗，代代風流更繼蹤。
沉郁幽香凝一冊，浮名濁世響洪鐘。

四十　　　左 52 右 61　　　　　　　　　　游振鏗

騷壇繼鉢漢唐鐘，合璧師賢後進從。
天籟百年揚翰墨，菁英薈萃喜躬逢。

四十一　　左 38 右 74　　　　　　　　　　　　　　　　**范錦燈**

天籟先賢翰墨濃，蓬萊鷺侶踵相從。
弘揚詩教千秋業，再創騷壇絕頂峯。

四十二　　左 41 右 69　　　　　　　　　　　　　　　　**康秀琴**

先賢詩選慶雲龍，物換星移夙所宗。
砥礪斯文天籟始，吉光片羽百年鋒。

四十三　　左 59 右 45　　　　　　　　　　　　　　　　**王　前**

宏揚國粹未曾庸，天籟聲傳過百冬。
先賢遺卷開吟韻，千秋詩澤感重重。

四十四　　左 73 右 30　　　　　　　　　　　　　　　　**李秉昇**

鴻篇巨制振詩濃，燦爛文光填我胸。
天籟新書傳大雅，奎章煥彩喜相逢。

四十五　　左 98 右 4　　　　　　　　　　　　　　　　**許朝發**

雄麗樸奇俱正宗，陳編筆陣欲蟠胸。
吟哦細品真天籟，恨與騷心太晚逢。

四十六　　左 100　　　　　　　　　　　　　　　　朱凱莉

渺渺光陰去幾重，吟齋百歲礪心松。

淡然名利誇文賦，不覺雲間有士龍。

四十七　　左 44 右 56　　　　　　　　　　　　　邱素綢

鄉土民情吐筆鋒，詩詞今讀仰儒宗。

蒐羅復刻留文獻，推動騷風又百冬。

四十八　　左 47 右 52　　　　　　　　　　　　　古自立

先賢小傳現儒宗，三百詩文筆墨濃。

古典風流書上躍，佳篇錦玉世難逢。

四十九　　左 50 右 47　　　　　　　　　　　　　鄭千荷

千篇百載臥雲龍，天籟先賢拔萃蹤。

萬丈豪情傳後輩，唐詩宋賦更相從。

五十　　　左 46 右 51　　　　　　　　　　　　　周麗玲

古調新吟已百冬，師生情誼現文蹤。

苦心紛集終成冊，天籟詩傳響萬鐘。

五十一　　左 33 右 64　　　　　　　　　　賴炳榮

天籟文風瑞氣濃，先賢詩選世人宗。

干霄不斷肩同任，翰墨傳承眾敬恭。

五十二　　左 12 右 85　　　　　　　　　　李政志

先賢雅會擊詩鐘，搜古宏猷動世容。

百載大成今付梓，學思入辟譽和雍。

五十三　　左 95　　　　　　　　　　　　　張珍貞

一管之忙見德容，滿門桃李願追從。

前賢功績彌天闊，師事維仁仰筆蹤。

五十四　　左 2 右 92　　　　　　　　　　　武麗芳

吟鷗鷺侶百年逢，寫意舒心各自鍾。

總為斯文綿一線，丹心立語聖賢從。

五十五　　左 89 右 3　　　　　　　　　　　張允中

先賢騷雅隔九重，後學難窺霧裡峰。

道是撥雲終見日，捧書方睹露華濃。

五十六　　左 48 右 44　　　　　　　　　　　　李淑櫚

　　天籟先賢不老松，佳篇成輯後人宗。
　　諸生奮起吟新句，再創詩壇碧玉峰。

五十七　　左 27 右 62　　　　　　　　　　　　蔡瑤瓊

　　先賢文采記時蹤，彙整豐篇慶百冬。
　　天籟傳薪歌不輟，佳猷屢創後人宗。

五十八　　左 74 右 14　　　　　　　　　　　　巫漢增

　　百年天籟萃儒宗，舊典新編燦季冬。
　　雅韻吟聲薪火盛，宏傳一脈眾蜂從。

五十九　　左 58 右 28　　　　　　　　　　　　蕭煥彩

　　天籟百年情意濃，先賢妙筆顯詞峰。
　　抒懷描景兼閒詠，詩教弘揚大雅從。

六十　　　左 30 右 55　　　　　　　　　　　　余雪敏

　　傳承百載創高峰，十五先賢令動容。
　　典範長存詩選裡，礪心情誼最深濃。

六十一　　左 53 右 31　　　　　　　　　　　　陳品伃

人文薈萃英才盛，大雅扶輪韻致濃。
雋永先賢天籟頌，詩歌撰寫筆椽鋒。

六十二　　左 82　　　　　　　　　　　　　　　宮瑞龍

小望劍潭情亦慵，葩經漫覽訝黃鐘。
不須一片渾蒙氣，已悟天南有伏龍。

六十三　　左 11 右 71　　　　　　　　　　　　吳宜鴻

藻香詩比玉芙蓉，舊韻新編動客容。
起落由心天籟調，吟懷應與故人逢。

六十四　　右 80　　　　　　　　　　　　　　　許忠和

礪心翰墨藻薰釀，尺璧賡傳韻賦琮。
天籟珠璣騷震世，驪追李杜播笙鏞。

六十五　　左 5 右 73　　　　　　　　　　　　洪淑珍

名山事業寶如琮，纂集遺篇意義濃。
欣看前賢文藻美，把吟次第盪心胸。

六十六　　左 61 右 15　　　　　　　　　　　　　余美瑛

百年墨集眾吟龍，沉醉珠璣爾雅宗。
人世悠悠斯逆旅，當如天籟碧蒼松。

六十七　　左 34 右 41　　　　　　　　　　　　　黃　瓊

先賢向賞仰如峰，磅礡吟聲雅韻濃。
天籟社揚天籟調，輯留文範世研從。

六十八　　左 20 右 54　　　　　　　　　　　　　周福南

天籟百年翰墨濃，先賢文采爽吟胸。
礪心化雨儒林譽，曲水流觴憶舊蹤。

六十九　　左 68　　　　　　　　　　　　　　　　黃琳臻

詩篇樸實味情濃，豪氣干雲峻似松。
利益虛名皆不擇，文壇浸潤益溫恭。

七十　　　右 68　　　　　　　　　　　　　　　　詹培凱

各家墨客自成峰，瑤句裁栽蔭幾重。
古韻流傳百年後，詩香更比酒香濃。

七十一　　左 67　　　　　　　　　　　　　　黃卓黔

　　劍氣蕭森暗隱龍，圓山丘壑矗青松。
　　延平立馬驅餘孽，何日英雄再現蹤。

七十二　　左 32 右 32　　　　　　　　　　　李清堂

　　天籟先賢筆意鋒，篇篇詩選譽雕龍。
　　無邪藻思微言託，群怨興觀匡世雍。

七十三　　左 22 右 42　　　　　　　　　　　林魏銘

　　先賢詩選意涵濃，天籟萃編推廣恭。
　　使命傳承延教化，騷談後學續揚鋒。

七十四　　左 54 右 9　　　　　　　　　　　　周秋燕

　　揚芬天籟社藏龍，妙筆生花舉世宗。
　　繼往勵心延一脈，詩歌錦繡展奇峰。

七十五　　右 63　　　　　　　　　　　　　　洪一平

　　吟魂壯氣見飛龍，健筆凌雲聳玉峰。
　　李杜詞章古賢擅，韋編繼序後人從。

七十六　　左 26 右 34　　　　　　　　　　張正路

　　天籟先賢現影蹤，精挑詞藻氣靈鍾。
　　傳揚弘道吟懷爽，展讀騰蛟化鳳龍。

七十七　　左 49 右 8　　　　　　　　　　林振任

　　百年天籟響隆冬，吟社先賢屹古松。
　　詩選篇篇今複誦，仙音縹縹繞山峰。

七十八　　左 4 右 53　　　　　　　　　　曾麗華

　　擷取精華國學宗，千篇錦繡技雕龍。
　　南皮韻事懷先哲，天籟天聲翰墨濃。

七十九　　左 55 右 1　　　　　　　　　　張淑文

　　重編詩選值隆冬，扢雅培才鐸運濃。
　　天籟扶輪鯤島譽，期頤盛會勢如龍。

八十　　　左 13 右 4　　　　　　　　　　吳李洋

　　天降斯文犁墨農，籟揚風煦玉芙蓉。
　　先生擊缽詩優雅，賢哲撫琴言奮庸。

八十一　　左 43 右 6　　　　　　　　　　　　　楊東慶

先哲揚風繼蔡邕，名山事業綠陰濃。
珠璣萬斛輝天籟，百載遺徽鯉化龍。

八十二　　左 24 右 25　　　　　　　　　　　　蔡久義

天籟吟聲憶舊蹤，先賢妙筆興尤濃。
嘔來心血騷風振，喚起詩魂後世從。

八十三　　左 23 右 26　　　　　　　　　　　　張家菀

集得幽情夏復冬，吟風婉轉意雍容。
清詩觸目琳琅玉，天籟斯文樂所鍾。

八十四　　左 21 右 27　　　　　　　　　　　　張宏毅

天籟昌詩氣自雍，傳承作育步從容。
先賢選集欣呈現，茂衍千秋勢若龍。

八十五　　左 45 右 2　　　　　　　　　　　　康英琢

天籟先賢眾敬恭，叢書特選喜相逢。
凌雲筆陣斯方有，社運蒸蒸氣勢衝。

八十六　　左 15 右 29　　　　　　　　　　　　翁惠脞

　　礪心詩選現遺蹤，百載如今復再逢。
　　細細吟哦何快意，沉迷雅境轉情濃。

八十七　　左 35 右 7　　　　　　　　　　　　　張素娥

　　天籟先賢筆力鋒，爭工鬥捷似條龍。
　　吾心景仰思高節，鞭策能隨古秀鍾。

八十八　　右 40　　　　　　　　　　　　　　　　吳秀真

　　藻篇瞻仰百年容，桑跡先賢咀嚼恭。
　　千古風騷傳藝苑，詩壇惠澤意深濃。

八十九　　右 38　　　　　　　　　　　　　　　　朱啟仁

　　天籟先賢盡鳳龍，詩傳志業眾儒宗。
　　才高八斗人人慕，千古流芳世代鍾。

九十　　　左 18 右 18　　　　　　　　　　　　　許玉君

　　先賢墨采志為宗，喜獲詩篇紙上逢。
　　資產無形能付梓，文心不墜萬年松。

九十一　　右 36　　　　　　　　　　　　　　許澤耀

天籟詩文奕代宗，春風化雨十倫濃。
台灣一社聲威響，世紀傳承豈易逢。

九十二　　右 35　　　　　　　　　　　　　　蘇光志

本社先賢立典容，吾生晚輩永尊從。
詩文長遠傳百年，續命蓬萊莫慕溶。

九十三　　左 17 右 16　　　　　　　　　　　甄寶玉

天籟傳承有所宗，先賢好筆壯如松。
一書智慧留於後，恭讀懷珍學化龍。

九十四　　左 10 右 23　　　　　　　　　　　鄭綠江

百年吟社世人宗，詩選新編意幾重。
賡雅礪心逢菊艷，復興文化勢如龍。

九十五　　右 33　　　　　　　　　　　　　　吳莊河

天籟百年吟正宗，悠揚雅調幸躬逢。
先賢翰墨流芳遠，志勵鷗群學敬恭。

九十六　　左 31　　　　　　　　　　　翁正雄

窗外遙看屯嶺峰，瓊樓雅宴意情濃。
先賢詩讀崇天籟，百載聯吟一寄蹤。

九十七　　左 19 右 12　　　　　　　　王啟銘

騷人十五藝登峯，吟社先賢詩選容。
古典文庠為讀本，勤魚躍變賦中龍。

九十八　　左 29　　　　　　　　　　　白繼敏

百年嘉會喜相逢，舊籍新篇縱筆鋒。
詩法天心書萬籟，韻穿今古竹成胸。

九十九　　左 16 右 13　　　　　　　　賴敏增

天籟詩吟逾百冬，先賢傳世宋唐宗。
欣聞付梓於今夕，卒讀終宵樂與逢。

一百　　左 28　　　　　　　　　　　　簡秋水

衣冠濟濟喜相逢，天籟先賢倍禮恭。
百年詩選猶譽讚，文運相期南北衝。

附錄

2018 天籟詩獎專題講座
2018-2022 天籟詩獎剪影
天籟吟社創立一百週年聯吟大會捐款芳名錄

2018 天籟詩獎專題講座
〈古典詩如何表現「現代感」與「在地感」?〉
講　綱

顏崑陽

一、引言：詩人為什麼也要搞革命？因為不革命，就活不下去！

晚清，梁啟超提出「**詩界革命**」；嚴復以為「**文界無革命**」；黃遵憲不同意嚴復之說，認為文界「**無革命而有維新**」。吳宓、林庚白等響應之。

（一）梁啟超如何實踐「詩界革命」？

1、「**革其精神，非革其形式**」，要「**能以舊風格（體製）含新意境**」。（《飲冰室詩話》）

2、詩界革命三要件：A、**新意境**（題材、旨意、思維）；B、**新語句**（修辭、造句）；C、**古人風格**（古詩體製）。（〈夏威夷遊記〉）

3、夏曾佑、譚嗣同等，只以**新名詞**入詩，不足以言革命。他推崇黃遵憲「**能鎔鑄新理想（內容）以入舊風格（體製形式）**」。

（二）黃遵憲如何實踐「詩界維新」？

1、作品特色：以新意境、新風格表現新事物。兼融傳統與創變。所謂「**舊瓶裝新酒**」。

2、創作觀念：詩之外有**事**，詩之中有**人**；**今之世異於古**，今之人亦何必與古人同！（〈人境廬詩草自序〉）

3、創作精神、態度：取〈**離騷**〉、**樂府**之**神理**而不襲其**貌**。（〈人境廬詩草自序〉）

4、創作法則：內容題材、旨意以感慨「**時事**」為主。形式一則繼承舊體製；二則以古文之法入詩，將單行之神、伸縮離合之筆（散文單行），運用於俳偶之體的詩歌（詩歌行偶，一聯兩句並列而成義）；三則復古人「**比興**」之體。（〈人境廬詩草自序〉）

（三）林庚白（「南社」重要詩人）為何提出「今意境」？

1、一代有一代之文物典章，而文物典章所被，人情與風俗亦因而異。（《麗白樓詩話》）

2、他認為梁啟超所說「**新意境**」，以及當時新興的「**語體詩**」（白話新詩）是由於晚清以降，新知識分子追求「**現代化**」，亦即「**西化**」所輸入**歐美新事物**。其實，當時社會是新／舊、中／西、封建／資本主義，矛盾衝突的轉型社會，古典詩必須反映這一社會文化現象，就稱為「**今意境**」。

3、「**今意境**」就是古典詩能表現真真切切的「**時代性**」（上述那種當代社會文化現象）與「**在地性**」（相對歐美的中國本土）所形成的意境。

　　晚清以降，古典詩的革新，梁、黃、林諸人所主張之內容雖有差異；但是基本觀念卻一致：古典詩的體製，其「**傳統形式**」可以保持不變；但是，假如要繼續做為「**活文學**」，就必須在「**內容**」追求創變；**如何創變**？基本原則是：表現「**現代感**」與「**在地感**」。

二、「詩界革命」漸漸成功，同志繼續努力！

（一）「**詩界革命**」的口號與運動早已平息；但是，影響深遠，革命漸漸成功，古典詩的確有了新變，同志應該繼續努力！

（二）我們這個「**時代**」已不同於梁啟超、黃遵憲的時代（晚清），也不同於林庚白（民初）的時代。而我們所處的「社會」也不同於他們所處的「**社會**」。一九八０年代以來，政治解嚴、工商業起飛，台灣漸從眠火山狀態甦醒，不管政治、經濟、科技與人民生活型態，都產生爆裂性的變化；而性別意識、環保意識、民主自由意識、國家主權意識、本土意識等，紛紛覺醒。這二十幾年間，台灣的現代文學與古典詩也隨之鉅變。新世代詩人置身新社會文化情境、觀察新事物、經驗新生活、抱持新價值觀，使用網路新傳播工具興起，交集凝聚，古典詩明顯表現出「**現代感**」與「**在地感**」。甚至年長的詩人，不少也能與時俱化，古典詩的時代風格已不同於八０年代之前了。

◎吳東晟主編《堆疊的時空——乾坤詩刊二十週年詩選》，顏崑陽〈乾坤詩選序〉：

詩人所關懷者、所吟詠者，不能僅出之以陳言套語，了無創意。生活經驗與時俱殊，而詩材也應隨時更新；因此所感之「物」，所緣之「事」，都必須涵有回應當前存在情境的現代感與地方感，凡詠物、敘事、抒情都能做如此表現：則體製雖故，然而題材、意境卻應時創新。選集中，這類作品還不少。

這類作品有些是個人「**緣情**」之詠者，例如黃天賜〈好辯歌〉、歐陽開代〈懷大母〉、姚啟甲〈遊輪上與內子共賞月圓〉、丁山〈題家山土地廟〉、吳榮富〈安平港瀏覽德陽艦〉、胡爾

泰〈春登赤崁樓〉、江晟〈學插秧〉、林文龍〈釣土蟲〉、張大春〈讀于右老詩有感口占〉、林曉筠〈芭蕾伶娜〉、張富鈞〈人造花〉、饒漢濱〈下廚歌〉、胡詩專〈埔里圓環〉、孔捷生〈殷海光故居〉等。**諸詩品格另當別論，其取材、表意卻都涵有現代感與地方感，實非浮泛老套之吟。**

至於**詩人所關懷者，豈在一己之情而已！當代眾所經驗之物事，群所感思之情意，可反映時代之治亂、諷諭世風之清濁，最得「言志」之傳統精神**，例如唐羽〈觀選戰有感〉、許哲雄〈九一一事件十周年感言〉、林正三〈陰陽海〉、曾家麒〈都市更新〉、李知灝〈食不安〉等。**諸篇姑不論優劣，其取材、表意則皆關切當代眾所經驗、感思之時事，以見治亂、清濁之實況；然而，這類詩歌不易表現，必須善用風騷之比興，或杜詩沈鬱頓挫之章法。**

◎張富鈞主編《網苑凝香──網路古典詩詞雅集十五週年紀念詩集》，顏崑陽〈網苑凝香序〉：

古典詩發展到今日，後起者代有俊材，我並不擔憂此道斷絕。不過，**其體雖舊，題材、旨意與形式儘可創新。最重要的原則是，必須表現「時代感」與「在地感」，不能習於格套。「時代感」就是詩人面對當代切實的生活經驗與社會觀察，從中緣事而發**，例如陳議文〈網路〉、楊維仁〈戎庵先生名片歌〉、子衡〈網路間偶讀舊事〉、壯齋〈海角七號六首〉、〈寶可夢〉、〈食不安〉、張富鈞〈見新聞有驅蚊中藥包，試之香甚濃，著衣未散〉等，**凡此皆時人時事，其題材實非古人夢想可得。「在地感」則是詩人以臺灣的地理處境經驗為題材，從中感物而動，**

例如天之驕女〈新竹小聚不預〉、子衡〈信義鄉訪梅〉、吳俊男〈玉山歌〉、張富鈞〈澎湖雜詩〉、何維剛〈訪新寮瀑布〉等，**凡此皆是臺灣在地經驗的書寫，古人神遊亦不能到也。**

◎姚啟甲製作、張富鈞主編《天籟清吟——「天籟吟社」九十五周年紀念詩集》

詩集所收錄作品，很多能表現**「現代感」**與**「在地感」**，例如：黃言章〈股市〉、林顏〈福鹿溪觀龍舟競渡〉、許澤耀〈頭城搶孤〉、姚啟甲〈二０一五年國際扶輪社世界年會在巴西〉、陳文識〈選戰〉、甄寶玉〈過捷運松山線北門站〉、余美瑛〈太陽花學運〉、陳麗華〈鵑城漫興〉、張秀枝〈哀八仙樂園塵爆〉、楊維仁〈基隆獅球嶺攬勝〉、吳秀真〈福隆沙雕藝術季〉、吳俊男〈希臘左巴雅集〉、張富鈞〈登一０一大樓望台北城〉、詹培凱〈可樂〉、陳碧霞〈台北故宮博物院館藏數位化有感〉、歐陽開代〈台灣總統〉、張民選〈題捷運蘆洲站鄧麗君銅像〉、翁惠勝〈修軍審有感〉、黃仲平〈賣菜大嬸〉、洪淑珍〈跨年煙火〉、鄭美貴〈詠北投圖書館〉、李玲玲〈登七星山有感〉、章臺華〈台北故宮博物院〉、吳莊河〈觀廢核遊行有感〉、林長弘〈雨後過坪林道中〉、唐英琢〈看黃色小鴨〉、黃允哲〈加薩烽火〉、鄞強〈台北中華粥會禮讚〉、莫月娥〈新竹車站百年慶〉、葉世榮〈商德〉、周福南〈防颱〉、洪玉璋〈乙未戰爭一百二十週年〉、李柏桐〈蘇迪勒颱風夜〉、姜金火〈道院參玄〉、林瑞龍〈改變成真〉、陳麗卿〈老翁〉、李齊益〈林安泰古厝天籟明華吟演慶百歲〉、許欽南〈登鱟港紅淡山〉、李玉菁〈太陽花學運〉、鄭中中〈剪髮〉、蔡飛燕〈雙溪高中之美〉、楊志堅〈賀天籟吟社九十五週年誌慶〉等。

（三）**古典詩具有「現代感」，最表層的印象是以「現代」存在、發生的「新事物」做為歌詠對象而命題，「新事物」必用「新詞彙」，表裡一體，不能分割，**例如股市、選戰、太陽花學運、塵爆、廢核、可樂等。**這些「新事物」之所以「新」，是相對於晚清、民國以來，「現代化」、「西化」之前，舊時代、舊社會所沒有的「新物」，**例如「可樂」、「煙火」、「人造花」、「寶可夢」、「捷運」、「網路」等，以及**舊時代、舊社會所不可能發生的「時事」，**例如「選戰」、「太陽花學運」、「九一一事件」、「看黃色小鴨」、「博物院典藏數位化」等。**有了這些「新事物」，就會產生「新詞彙」。而「在地感」的表層印象，是相對於「台灣」以外的地區，尤其大陸**（無關「政治」，而是同一「古典詩傳統」所描寫「空間情境」的區隔），**以「本地」才存在、發生的自然地理、節候，以及歷史、社會、民俗事物，做為歌詠對象而命題，**例如「蘇迪勒颱風」、「玉山」、「七星山」、「澎湖」、「坪林道中」等，或「登赤崁樓」、「台灣總統」、「修軍審」、「太陽花學運」、「頭城搶孤」等，**這些「台灣本地」事物，當然就會產生別的地方所沒有的「在地詞彙」。**上列所說到具有「**現代感**」、「**在地感**」的作品，整體都只是詩題及內文所顯現題材、詞彙的表層印象，這是「**寫什麼**」的問題；至於寫得好不好，能否表現「**新意境**」或「**今意境**」，則是「**如何想**」以及「**如何寫**」的問題。**如何想，是內心的感覺、構思與想像的法則；如何寫，則是語言表現的修辭、構句、宅章，甚至意象營造、比興寄託的法則。**

三、「詩界革命」要怎麼做，才能更加成功？

（一）八〇年代之前，**古典詩寫新事物、用新詞彙，舊瓶裝新酒是否適當？還是個爭議的問題，很多保守的古典詩人，仍不願、不屑為之，認為新題材與舊體製不搭調、新事物鄙俗而不雅，不能表現「古典美感」**。前面說過，八0年代之後，社會文化變遷，台灣已由現代、傳統雜陳，甚至彼此衝突的轉型社會，完全「現代化」了。**從生活表象到內在意識都徹底改變，古典詩界也已「世代交替」**，國府遷台之後，最為保守的**第一代本省、外省詩人**凋零殆盡，**第二代詩人的晚期詩風也能與時俱化，接受新事物、新題材、新詞彙，張夢機可為代表**，〈截搭〉一詩直接表示這一想法：「**古今詞彙誰賓主？截搭相生不厭頻。**背水陣成雄甲冑，搖頭丸毒惑形神。媚倭久恥陳公博，修道還欽鄭子真。**典雅復兼時代感，一爐鎔鑄貌如新。**」（《藥樓近詩》，頁 27）他所謂「**截搭**」就是截取二種性質不同的事物搭配為一體，具體的作法就是「**典雅復兼時代感，一爐鎔鑄貌如新**」。**羅尚、張夢機晚期不少這種取材現代、本地新事物，使用新詞彙，而又以「典雅」的語言形式加以表現的作品。**至於現在的**第三代詩人，以新事物、新詞彙入詩，而表現「現代感」、「在地感」，已蔚為風氣了。**

（二）**古典詩表現「現代感」與「地方感」，這條創作之路甚為正確**，上述已說得很明白，因此可說「詩界革命」漸漸成功；但是，要「**如何表現**」得「**典雅**」，或「**淺白而有韻味、意境**」？卻還有努力的空間，前面所列舉取材現代、在地新

事物的作品，有些做得到典雅、或淺白而有韻味、意境；但**有些卻流於直木無文、淺俗乏味。因此我才說同志繼續努力。**

（三）古典詩「**如何**」表現「**現代感**」與「**在地感**」？

1、基本觀念及態度：

（1）**務去套語套路：**不直接沿用**套語、套路。**用典，亦即使用成詞、故事，必須貼切到自作之詩的「**語境**」，變化而用之。沒有「**悲秋**」之感，就不要硬取「**悲秋**」之套語，甚至可「**反其意**」而用之。現代送別在**車站、機場，就別硬取長亭執手相看淚眼、祖帳對飲無緒的套路。**

（2）**切實於真景物、真感思：**一切自然、歷史、社會的景物描寫，都要切實於「**現代及在地經驗**」，尤其是「**現場性實寫**」的景物，更是如此。台灣極少看見**鴻雁**，因此送別時，像李頎〈送魏萬之京〉：「鴻雁不堪愁裡聽」，就不適合**台灣現代的送別詩**。台灣也少見**楊柳**，沒有**折柳贈別**的習俗，王維〈送元二使安西〉：「客舍青青柳色新」，也不適合**台灣現代的送別詩**。這類景物，除非當作「**象徵性的文化符碼**」使用，在「**非現場的虛寫**」，變化而用之。而一切情意的表現，**也要真真切切的忠實於自己內心的感思，不要落入沒有個人真情實感，只是異口同聲、虛情泛意的套路。**台灣現代社會，已沒有忠君、守節、愚孝、主奴及官民貴賤之分等，這些都是**封建社會教條化的倫理觀念**，就不要在詩中表達這一類「**虛假**」的情意。

2、表現形態及原則：

（1）表現形態：

A、取法白居易：淺白而有韻味、意境。

現代、在地的新事物，都具有「**庶民性**」，**是大眾共同的生活經驗。詩歌為時而作，就取法白居易的表現形態，**盡量少用典故，而多用大眾能懂、老嫗可解的「**生活語言**」；但必須寫得**有韻味、有意境。**

詩例一：

粽形手工皂　　　　　　　　　　　　　　　　張富鈞

開篋盛來角黍香，今年別趣渡端陽。

但供屈子潔身手，不向蛟龍充胃腸。

（《網苑凝香》，萬卷樓圖書公司，頁 169）

詩例二：

人造花　　　　　　　　　　　　　　　　　　張富鈞

真真假假似非真，枝上開來未染塵。

自是化工憐愛甚，不教憔悴入青春。

（《堆疊的時空》，秀威資訊科技公司，頁 120）

詩例三：

網路　　　　　　　　　　　　　　　　　　　陳藹文

欲知天下事，幕影與屏光。可帖消愁句，能尋治苦方。

雖云新網路，終是舊名場。老去增今學，依貓寫幾行。

（《網苑凝香》，萬卷樓圖書公司，頁 12）

詩例四：

選戰　　　　　　　　　　　　　　　　　　陳文識

振臂鼓聲嚴，搖旗報上籤。登龍憑奧步，指鹿謗清廉。

政見浮雲散，文宣暴雨淹。**誰憐街友淚！瑟瑟哭風檐。**

（《天籟清吟》，萬卷樓圖書公司，頁 172）

詩例五：

食不安　　　　　　　　　　　　　　　　李知灝（壯齋）

食不安，徒有**金饌堆重巒**。

商鞅難再商人慢，鬼蜮技倆豈容刊。

齒不彈，酌用順丁烯二酸。

炮製均勻和粉麵，復成晶瑩珍珠丸。

油不萃，銅葉綠素等仙丹。

誆言南歐初榨至，實與橄欖不相干。

牛不美，灌注萊克多巴胺。

蹄不飛揚體不動，五花肥嫩盛滿盤。

湯不郁，麩胺酸鈉迷舌官。

分製肉粉海鮮塊，清泉轉瞬味千般。

芽不白，浴以甲醛白玉觀。

透亮宛若天上物，鴆毒無形沁肺肝。

鍋不艷，**蘇丹紅麗勝綺紈。**

麻婆亦羞失顏色，誇言天然等欺謾。

食不安，戲言不妨茹素餐。

葷非葷兮素非素，失算葷素混成團。

君不見，**假作真時真亦假，詭計幾同曹阿瞞。**

食有假兮毀**四端，猶聞朱門兮笑彈冠。**

（《網苑凝香》，萬卷樓圖書公司，頁 148）

詩例六：

戎庵先生名片歌　　　　　　　　　　　　　　楊維仁

簡樸無華一名刺，片紙寥寥僅七字。

上署職銜中署名，餘事闕如未揭示。

昔年秉筆在鑾坡，立身敬謹無偏阿。

但憑公務答酬對，名片所載何須多？

總統府參議羅尚，七字錚錚極快暢。

大夫自古無私交，聯絡通訊乃棄忘。

健筆凌雲一代崇，**開張天骨猶人龍。**

氣格文采兩豪壯，別有名片存高風。

（《網苑凝香》，萬卷樓圖書公司，頁 59）

B、取法杜甫：用典而能化，以收「典雅復兼時代感，一爐鎔鑄貌如新」之效。

古典詩原是「士人」的文學，**抒情言志必須兼備學養**，故宋代嚴羽認為「**非多讀書、多窮理，則不能極其至**」（《滄浪詩話‧詩辯》）。傳統的古典詩美學，以清麗、典雅為宗，很講求美詞、用典。雖是寫實之作，也不能流於粗俗。

詩例一：

亂象   **羅尚**

人慾無窮期，天心不厭亂。一部相斫書，春秋無義戰。

盜弄黃池鬼弄人，聊齋之前先搜神。赤伏符縱勝威斗，

不礙西臺垂釣緡。

（《戎庵二十一世紀詩存》，宏文館圖書公司，頁 82）

詩例二：

釜山亞運   **張夢機**

近海喧呼答浪譁，釜山盛會卓旌斜。

足追晴日隨夸父，槍擲高天詫女媧。

人健撐過竿上體，娃嬌游出水中花。

奪金至竟艱如蜀，睪道華夷共一家。

（《藥樓近詩》，印刻出版社，頁 32）

詩例三：

車道中發送傳單者　　　　　　　　　　　　　　　　姚啟甲

不畏轔轔車陣穿，傳單發送乞君憐。

塵隨肥馬圖蠅糈，指扣華窗博細錢。

莫嘆世非堯舜日，但祈身在漢唐天。

男兒若有凌雲志，**韓信猶傳青史篇。**

（《天籟清吟》，萬卷樓圖書公司，頁 305）

詩例四：

太陽花學運　　　　　　　　　　　　　　　　　　　余美瑛

黔黎災孽豈天為？背噂翻憎競逐隨。

春雨連天蒸鬱氣，青衿一夕撼丹墀。

北城盡出黃金甲，立院皆生錦葵葵。

聲徹雲霄傳四海，紅顏義不讓鬚眉。

（《天籟清吟》，萬卷樓圖書公司，頁 182）

詩例五：

安平港瀏覽德陽艦　　　　　　　　　　　　　　　　吳榮富

曾經威赫大西洋，臨老他鄉作故鄉。

古港停來龍氣歛，新機難復豹韜張。

側聞老將猶能飯，未覺青釭是廢鋼。

日月清閒遊客少，**颭彈長鋏有文章。**

（《堆疊的時空》，秀威資訊科技公司，頁 77）

詩例六：

玉山歌　　　　　　　　　　　　　　　　　吳俊男

東南海隅有一山，山氣磅礴噴九天。

險巇峰姿幻莫測，矗立瀛島千百年。

萬仞巉巖插空碧，一峰突起一峰連。

大鵬展翅過不得，羲和駕日難著鞭。

晴時青嶺傾巢出，紛紛羅列爭後先。

直如巨刃割昏曉，橫似蒼龍沒雲煙。

雨時狂風挾沙石，水激浪湧盪百川。

雷聲轟轟撼閶闔，電光疾走擾帝眠。

臨冬復丕變，積雪白如練。

遙望群山皆玉顏，精光不定目亦眩。

光怪最是霧起時，奇姿幻態盡奔馳。

或如蚩尤領騎，或如風伯搖幟。

或如洛神梳妝，或如湘妃拭淚。

噫吁戲，奇哉詭哉！人間焉得有此山，

此山應從仙界落凡來！

（《網苑凝香》，萬卷樓圖書公司，頁 131）

（2）表現原則：

A、實者虛之，經營意象或比興寄託。

現代及在地的「新事物」大多現實而客觀，取為題材，不能只是著實的描寫表象。詩人必須發揮想像，化實為虛，妙於經營意象，甚至比興託意於言外，創造能讓讀者體味的「新意境」或「今意境」，尤其短篇律絕，更應如此，否則就會流於淺俗無味。上列幾首詩可以為例。

B、善用典故，古事化為今境，以收「類喻」之效。

「用典」是古典詩創作的表現方式之一。一方面表現「士人」文學的文化傳承；二方面表現「士人」的學養；三方面表現「士人」文學的「典雅」之風；四方面可得「以古喻今」（類喻）的「含蓄」之效。因此，當代古典詩人應該要「多讀書」，厚養其學，才能做到如張夢機所謂「典雅復兼時代感，一爐鎔鑄貌如新」。上列幾首詩可以為例。

C、經營章法，敘事以蘊意，或「頓挫」以收「沉鬱」之效。

杜詩很少用「比興」，而以「賦」法敘述「時事」，號為「詩史」，故特別表現他所面對唐代社會的「現代感」，例如〈三吏〉、〈三別〉、〈麗人行〉等；他流落各地，也多取材當地經驗的自然地理、歷史文物、風俗人情，長篇之作多以「賦」法敘事，表現「在地感」，例如在四川所作的〈石筍行〉、〈石犀行〉、〈觀打魚歌〉等；而他的敘事，章法皆能開闔、抑揚、吞吐、跌宕變化，即所謂「頓挫」，以收「敘事以蘊意」之效，或「深含悲鬱之情於曲折語脈之間」，即所謂「沉鬱」。

這正是我們可以效法的表現原則，台灣當代古典詩如要表現「**現代感**」與「**在地感**」，就須多讀、多學杜詩。上列幾首長篇古體，章法經營都有其特色，可以為例。

2018~2022 天籟詩獎剪影

天籟詩獎創辦人姚啟甲理事長

2018 天籟詩獎頒獎典禮　社會組首獎鄭景升先生

2018 天籟詩獎頒獎典禮　青年組首獎吳紘禎先生

2019 天籟詩獎頒獎典禮　社會組頒獎

2019 天籟詩獎頒獎典禮　青年組頒獎

2019 天籟詩獎頒獎典禮　天籟組頒獎

2002 天籟詩獎頒獎典禮　社會組頒獎

2020 天籟詩獎頒獎典禮　青年組頒獎

2020 天籟詩獎頒獎典禮　天籟組首獎洪淑珍女史

2021 天籟詩獎頒獎典禮　社會組頒獎

2021 天籟詩獎頒獎典禮　青年組頒獎

2021 天籟詩獎頒獎典禮　天籟組頒獎

2022 天籟詩獎頒獎典禮　社會組第一名吳身權先生

2022 天籟詩獎頒獎典禮　青年組頒獎

天籟吟社創立一百週年聯吟大會頒獎　第一名吳舒揚先生

天籟吟社創立一百週年聯吟大會社員合影

帆影相隨雲海氣　初結時孤嶼新入
畫悠遠處幻如詩濤浪鯨軍引到潮流
誰得窺依稀中拍岸鄉音徹漢波湄

鄭景升詞長大員港市鳥瞰圖詩
己亥元夕陳文生書

是證凡人造物功平心萬子紛羣
雄包宇無形世身累能見爛於局
冬

吳紘禎詞長人工智慧程式詩
己亥仲春陳文生書

2018 天籟詩獎〈大員港市鳥瞰圖〉鄭景升作，陳文生書

2018 天籟詩獎〈Alphago〉吳紘禎作，陳文生書

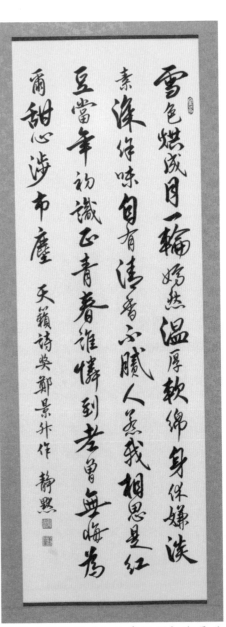

2019 天籟詩獎〈鹿港老街〉林文龍作，劉坤治書

2019 天籟詩獎〈紅豆車輪餅〉鄭景升作，劉坤治書

舊時王謝景難存台此羈留愴客
魂往事誤休惟被酒新亭泣罷且
遊園神州匡復應無望寶島流離
未有根何必經年悲逝水他鄉日久
是桃源

天籟詩獎　白先勇台北人讀後李玉璽撰王金獻書

2020 天籟詩獎〈白先勇台北人讀後〉李玉璽作，王金獻書

和靖家風素自將　潛園才
藻煥芳芳養梅為伴琴書
趣邀會時飄茗酒香一懺
奇勳平禍亂八廚高節惠
邦鄉曾懷曠達詩清越獨
立典型譽海疆

天籟詩獎　林占梅
洪淑珍撰　辛丑春王金獻書

2020 天籟詩獎〈林占梅〉洪淑珍作，王金獻書

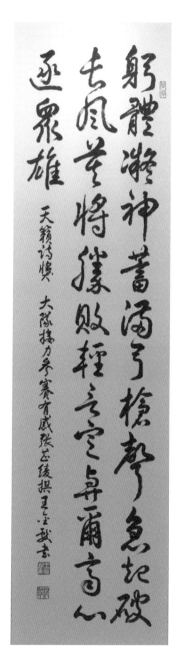

躬體漸神蓄滿弓檐勢急起破
長風苦將僕敗輕之空與甫高人
迷眾雄

天籟詩獎　大隊揭力參賽有感張芷綾撰王金獻書

取戟秋禾興妻鳳鍊了然掌
握中物承冇情之不忘於銘心矣
尝语珍琭

讀余光中戲為六絕句
天籟詩獎　吳冠賢撰王金獻書

2020 天籟詩獎〈大隊接力
參賽有感〉張芷綾作，王金
獻書

2020 天籟詩獎〈讀余光中
戲為六絕句〉吳冠賢作，
王金獻書

2021 天籟詩獎〈卜者〉吳宜鴻作，甄寶玉書

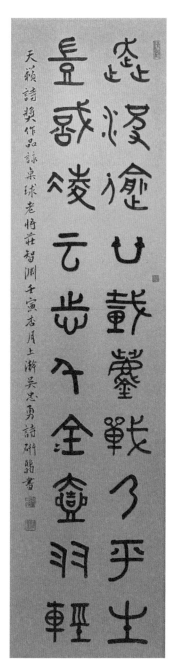

修正液
修正意入文間留素影幾番催校盡
正精神徐行不畏前時誤字裡凝
淵來雪色新

天籟詩獎作品修正液
壬寅杏月心瀚許育阡詩硏耕書

2021 天籟詩獎〈老將莊智
淵〉吳忠勇作，甄寶玉書

2021 天籟詩獎〈修正液〉
許育阡作，甄寶玉書

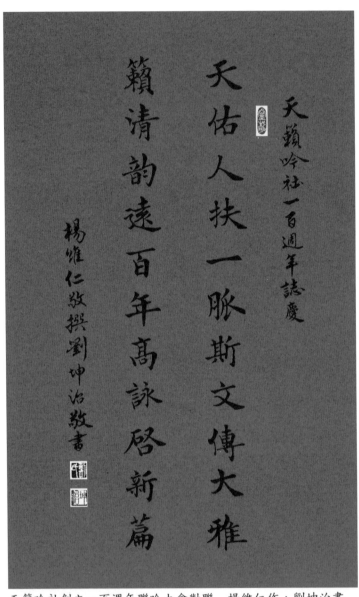

天籟吟社創立一百週年聯吟大會對聯　楊維仁作，劉坤治書

天籟吟社創立一百週年聯吟大會捐款芳名錄

臺灣三千藝文推廣協會（姚啟甲、陳碧霞）	431,188
鷗揚股份有限公司（歐陽開代、歐陽燕珠）	106,000
凱瑋實業有限公司	50,000
林志賢	36,000
康稷機電工程有限公司（王文宗）	30,000
楊周美女及周麗玲	20,000
楊維仁	20,000
何維剛	12,000
王百祿	10,000
吳身權	10,000
吳忠勇	10,000
翁惠胜	10,000
甄寶玉	10,000
蔡揚威	10,000
鄭千荷	10,000
鄭景升	6,200
余美瑛	6,000
吳宜鴻	6,000
林顏	6,000
高瑞鴻	6,000
陳麗華	6,000
李柏桐	5,000
李玲玲	5,000
許澤耀	5,000
陳文識	5,000

謝武夫	5,000
吳秀真	3,000
吳莊河	3,000
周福南	3,000
林長弘	3,000
林素卿	3,000
林瑞龍	3,000
洪淑珍	3,000
康英琢	3,000
張民選	3,000
張珍貞	3,000
張素娥	3,000
張富鈞	3,000
莊岳璘	3,000
許玉君	3,000
許玉明	3,000
陳麗卿	3,000
黃允哲	3,000
黃明輝	3,000
黃靜紅	3,000
詹培凱	3,000
劉坤治	3,000
蔡久義	3,000
鄭美貴	3,000
戴志豪	3,000
蘇光志	3,000

文學研究叢書·古典詩學叢刊 0804028

天籟詩獎得獎作品集 2018~2022

製　　作　楊維仁
主　　編　張富鈞
封面設計　徐上婷
臺北市天籟吟社

發 行 人　林慶彰
總 經 理　梁錦興
總 編 輯　張晏瑞
編 輯 所　萬卷樓圖書股份有限公司
　　　　　臺北市羅斯福路二段 41 號 6 樓之 3
　　　　　電話 (02)23216565
　　　　　傳真 (02)23218698

發　　行　萬卷樓圖書股份有限公司
　　　　　臺北市羅斯福路二段 41 號 6 樓之 3
　　　　　電話 (02)23216565
　　　　　傳真 (02)23218698
　　　　　電郵 SERVICE@WANJUAN.COM.TW
香港經銷　香港聯合書刊物流有限公司
　　　　　電話 (852)21502100
　　　　　傳真 (852)23560735

ISBN 978-986-478-835-4
2023 年 5 月初版一刷
定價：新臺幣 480 元

如何購買本書：
1. 劃撥購書，請透過以下郵政劃撥帳號：
　　帳號：15624015
　　戶名：萬卷樓圖書股份有限公司
2. 轉帳購書，請透過以下帳戶
　　合作金庫銀行　古亭分行
　　戶名：萬卷樓圖書股份有限公司
　　帳號：0877717092596
3. 網路購書，請透過萬卷樓網站
　　網址　WWW.WANJUAN.COM.TW
大量購書，請直接聯繫我們，將有專人為您
服務。客服：(02)23216565 分機 610

如有缺頁、破損或裝訂錯誤，請寄回更換
版權所有·翻印必究
Copyright©2023 by WanJuanLou Books CO., Ltd.
All Rights Reserved　　　　**Printed in Taiwan**

國家圖書館出版品預行編目資料

天籟詩獎得獎作品集 2018~2022/張富鈞主編. --
初版. -- 臺北市：萬卷樓圖書股份有限公司,
2023.05.
　　面；　公分. -- (文學研究叢書. 古典詩學叢
刊；804028) (天籟吟社百年紀念叢書)

ISBN 978-986-478-835-4 (平裝)

863.51　　　　　　　　　　　112006058